无疆的文学

世界的音符

尚书房

走向世界的中国作家

光荣院

墨白　著

CHINESE WRITERS
WITH WORLDWIDE INFLUENCE

图书在版编目（CIP）数据

光荣院/墨白著．—北京 ：文化发展出版社有限公司，2016.8
ISBN 978-7-5142-1355-3

Ⅰ．①光… Ⅱ．①墨 … Ⅲ．①中篇小说－小说集－中国－当代
Ⅳ．①I247.5

中国版本图书馆CIP数据核字(2016)第129441号

光荣院

墨白/著

出 版 人：赵鹏飞
总 策 划：尚振山 曹振中
责任编辑：冯小伟
责任校对：魏 欣 **责任印制**：杨 骏
责任设计：侯 铮 **排版设计**：麒麟传媒

出版发行：文化发展出版社（北京市翠微路2号 邮编：100036）
网 址：www.wenhuafazhan.com
经 销：各地新华书店
印 刷：北京兴星伟业印刷有限公司
开 本：889mm×1194mm 1/32
字 数：136千字
印 张：7.5
印 次：2016年8月第1版 2020年8月第3次印刷
定 价：28.00元
I S B N ：978-7-5142-1355-3

编委会

贾平凹：中国作家，书法家，画家。中国茅盾文学奖、费米纳文学奖、法国政府奖、美国美孚飞马文学奖获得者。作品被翻译成英、法、德、意、西、捷、俄、日、韩、越等二十多种文字。在国外产生影响的有英文版长篇小说《浮躁》，法文版长篇小说《废都》《土门》《古炉》等。

周大新：中国作家。中国茅盾文学奖获得者。作品被翻译成英、法、德、朝、捷等十多种文字。国外出版有法文版长篇小说《向上的台阶》等多部作品。由其短篇小说《香魂塘畔的香油坊》改编的电影《香魂女》获柏林国际电影节金熊奖。

尚振山：尚书房图书出版品牌创始人。出版有“中国名家随笔丛书”、“中国文学排行榜丛书”、“中国小小说名家档案”（100 卷）等。

不仅是为了纪念

——“走向世界的中国作家”文库总序

野 莽

尚书房请我主编这套大型文库，在一切都已商业化的今天，真正的文学不再具有20世纪80年代的神话般的魅力，所有以经济利益为目标的文化团队与个体，已经像日光灯下的脱衣舞者表演到了最后，无须让好看的羽衣霓裳做任何的掩饰，因为再好看的东西也莫过于货币的图案。所谓的文学书籍虽然也仍在零星地出版着，却多半只是在文学的旗帜下，以新奇重大的事件冠以惊心动魄的书名，摆在书店的入口处引诱对文学一知半解的人。尚书房的出现让我惊讶，我怀疑这是一群疯子，要不就是吃错药由聪明人变成了傻瓜，不曾看透今日的文化国情，放着赚钱的生意不做，却来费力不讨好地搭盖这座声称走向世界的文库。

但是尚书房执意要这么做，这叫我也没有办法，在答应这事之前我必须看清他们的全部面目，绝无功利之心的传说我不会相信。最终我算是明白了他们与上述出版人在某些方面确有不同，私欲固然是有的，譬如发誓要成为不入俗流的出版家，把同行们往往排列第二的追求打破秩序放在首位，尝试着出版一套既是典藏也是桥梁的书，为此已准备好了经受些许财经的风险。我告诉他们，风险不止于此，出版者还得准备接受来自作者的误会，这计划在实施的过程中不免会遇到一些未曾预料的问题。由于主办方的不同，相同的一件事如果让政府和作协来做，不知道会容易多少倍。

事实上接受这项工作对我而言，简单得就好比将多年前已备好的课复诵一遍，依照尚书房的原始设计，一是把新时期以来中国作家被翻译到国外的，重要和发生影响的长篇以下的小说，以母语的形式再次集中出版，作为中国当代文学的经典收藏；二是精选这些作家尚未出境的新作，出版之后推荐给国外的翻译家和出版家。入选作家的年龄不限，年代不限，在国内文学圈中的排名不限，作品的风格和流派不限，陆续而分期分批地进入文库，每位作者的每本单集容量为二至三个中篇，或十个左右短篇。就我过去的阅读积累，我可以闭上眼睛念出一大片在国内外已被认知的作品和它们的作者的名字，以及这些作者还未被翻译的 21 世纪的新作。

有了这个文库，除去为国内的文学读者提供怀旧、收藏和跟踪阅读的机会，也的确还能为世界文学的交流起到一定的媒介作用，尤其国外的翻译出版者，可以省去很多在汪洋大海中盲目打捞的精力和时间。为此我向这个大型文库的编委会提议，在编辑出版家外增加国内的著名作家、著名翻译家，以及国外的汉学家、翻译家和出版家，希望大家共同关心和参与文库的遴选工作，荟萃各方专家的智慧，尽可能少地遗漏一些重要的作家和作品，这方法自然比所谓的慧眼独具要科学和公正得多。

当然遗漏总会有的，但那或许是因为其他障碍所致，譬如出版社的版权专有，作家的版税标准，等等。为了实现文库的预期目的，那些障碍在全书的编辑出版过程中，尚书房会力所能及地逐步解决，在此我对他们的倾情付出表示敬意。

2016 年 5 月 7 日写于竹影居

目录

光荣院

梦是通往另一个世界的门。

——爱斯基摩人语

声　音

有一个人穿着一件黑色的雨衣，手里提着一挂渔钩走在大雨滂沱的河岸边。虾米坐在空荡而光线暗淡的库房里，就能从狂风摇动树冠和雨点拍击房顶与地面的声音里，分辨出老金的脚步声。老金的赤脚从泥泞里扑哧一下扑哧一下拔出来，在他的感觉里是那样的清晰可见，就像秋季里的白萝卜堆满了后院的菜地。长久以来，那种声音都是伴随着潮湿的空气从河道里漫过来的，那种声音和老金磨渔钩的声音一样通过呼吸留在了虾米的肺叶上。虾米一出气就能闻到沾在老金脚上的黑泥的腥气，他熟悉那种气息，那气息常常使他的胸口发闷。

你应该在河里洗洗脚再回来。

老金仿佛压根就没有听到虾米说的话，虾米的话语就像悄悄降临的黄昏一样丝毫不影响他手中的活路。即使在黑暗里，老金也能哧哧地磨着那些永远也磨不完的渔钩。面对渔钩，他的手即使在黑暗里也能像阳光一样明亮。老金坐在一块被盐水浸泡过的黑色的木头上，劈开他的双腿，头也不抬地只顾在一块灰色的磨刀石上磨他的渔具。一些干裂的黑泥从他的腿上脱落下来，露出了一疙瘩一疙瘩的青筋，那些青筋，就像一团又一团黑色的蝌蚪在他的动作里一晃一晃地游来游去。接着，虾米就看到了老金腿上那道明亮的伤疤。

伤疤的形状很像老钱做水桶时从白铁皮上裁下来的一片废料，时常映射出一些光亮，刺着虾米的眼睛。虾米知道那道伤疤来自十分遥远的一枚炮弹划过空中的声音。老金说，就像一声鸟叫，你说奇怪不奇怪？那个时候我怎么听着就像一声鸟叫呢？接着那颗炮弹就爆炸了。老金说着扬起他手中的渔钩，放在眼前观看，那只渔钩已经被他磨得十分明亮而锋利。虾米看到有一些水顺着老金的胳膊流下来，在灯光里悄悄地滑过，然后落在了那块灰色的磨刀石上。

睡吧。虾米这样嘟囔了一句，他有些乞求地望着坐在他面前的老金，他说，还不睡吗？

老金看了虾米一眼，他把渔钩放进右边的那只红色的瓦盆里，然后又从左边的红色的瓦盆里拿起一只锈迹斑斑的渔钩，在腿下的水盆里蘸了一下水，又开始哧——哧——地磨起来，他一边磨一边说，你还是不瞌睡，要是瞌睡，就是天上打雷该怎样睡还怎样睡。老金说着停下自己手中的动作，他看着虾米说，那一年在东北，我们行军一连走了三天三夜，到地方我一倒头就睡着了，我们班长硬是把我的耳朵拧下来一层皮也没有把我叫醒。说着，老金用手中的渔钩指着虾米说，你这是瞌睡吗？你这是想给我过不去！

虾米说，你一磨钩我就头痛。

老金说，我知道你头痛，你头痛可以搬出去嘛！院里有的是房子。

虾米说，我一直就在这儿住着，你没进院的时候我就在这儿住，总得讲个先来后到吧？

老金生气了，这房子是你的？你别忘了这是什么地方，这是光荣院！你自己说，你有没有资格住在这里？老金说着拍了拍自己腿上的那道伤疤说，这就是资格，你有吗？说完他就哧哧地磨起渔钩来。

虾米感觉到老金弄出来的声音像一些小虫子使劲往他的脑门里钻，他捂着自己的耳朵说，老金，我求你了，我真的不能听这种声音，你一磨钩我就头痛。

老金得意地笑了，老金把自己磨钩的动作做得更加夸张，他一边磨一边说，你听得多了就好了，这就像打仗，最初谁不害怕隆隆的炮声？听得多了就好了。

虾米真的头痛，老金弄出来的声音化作更多的虫子在争先恐后地往他的头里钻，那些虫子张着大嘴在喝他的脑髓，他的头痛得要裂开一样。虾米使劲捂着自己的耳朵，用被子蒙着自己的头，可是那哧哧声只管往他的耳朵里钻。没有办法他就用两粒花生米塞住自己的耳孔，可那两粒花生米却像两只小老鼠一样，钻进耳孔里之后就不肯出来了，它们把虾米的耳门子都啃肿了。孙医生费了好大的劲儿才把那两粒花生米从他的耳朵里掏出来。孙医生说，这下好了吧？虾米感觉到自己的耳孔轻松了许多，他没有听到老金磨渔钩的声音。虾米往空荡荡的库房里看一眼，他没有看到老金，老金到河道里去了，可是他把一挂又一挂的渔钩还留在这里，那些渔钩静静地挂在灰暗的光线里，它们在等待着老金的归来。虾米坐在渐渐暗淡下来的光线里，望着门外不停地划过的雨丝，他想，这雨什么时候才能停下来呢？

这时虾米听到有一串急促的脚步声在雨水里响起来，那脚步踏在院子里的青砖通道上，离库房越来越近了。虾米想，是老金回来了？虾米看到有一个人闯进库房的大门，由于光线灰暗，虾米没有看清那个人是谁。那个人朝空荡的库房里看了一眼对虾米说，老金呢？

他到河里去了。虾米说完又补充道，他一早就出去了。

那个人说，这我知道，我问你他回来没有？

没有。

真的没有回来？那个人的语气听上去十分的焦急，可是他还是没有听出来那个人是谁，他想，可能是镇上的小伙子吧，镇上有两个小伙子常常和老金一块到河道里去下钩。那个人没有等虾米说话又说道，坏了，老金一准是掉进河里去了。

这下轮到虾米吃惊了，他说，老金掉到河里去了？

是的，我回镇里去拿东西，回来后光见他的船在水上漂着，我还以为他回来了，可是早等晚等就是不见人，你看，现在河水又涨了，他肯定是一不小心掉到河里去了，我得赶紧去找他。那个人说完转身就走。虾米听到他急促的脚步声在雨水里走远了，他拄着拐杖来到门口的时候，那个人已经不见了。虾米突然感觉到老金的脚步声在雨水里消失了。虾米仇恨地想，他掉进河水里去了，老天爷保佑，淹死他吧！他死了就没人来折磨我了，他死了磨渔钩的声音就消失了，让我安生一会儿吧。可就在这时，他听到了一种锤子敲打白铁皮的声音。

虾米知道那是老钱又开始工作了。老钱常常在这种时候开始工作，即使没有白铁活可做的时候，他也会拿起锤子不停地敲打铁砧。老钱敲击铁砧的声音被雨水洗得更加尖锐，那声音穿过空荡荡的院子来到了虾米的听觉里，这使得虾米的头颅疼痛难忍，虾米通过库房的大门望着同样灰暗的天空，真切地感受到了末日的来临，他知道他已经没有什么办法来对付那些杂噪的声音对他的折磨了。他想，还是让我躺到棺材里去吧。虾米这样想着，吃力地站起身来，用拐杖架着自己的残腿，一拐一拐地朝库房东边的山墙边走去。在山墙的东北角里，存放着一口黑漆棺材，虾米知道只有那口棺材才能治好他的头痛。在这世上，那棺材对于虾米来说是一副最好的良药。

棺　材

一个春天的傍晚，个子矮胖的郜院长领着两个身材高大的木匠走进了院子里，他指着堆放在库房外边的那堆红松对木匠说，就用这些木料。虾米知道那些红松是从东北的某个森林里伐下来，又装上火车运到靠近颍河的某个码头，然后扎成木排从河的上游漂到颍河镇的码头上的。在时光里，堆放在院子里的红松一日一日地散发着浓烈的松香气，那个红脸膛的木匠指着那堆木材说，这能做多少呢？

郜院长回头朝院子里看了一眼，他从门窗的缝隙里看到了一些混浊的目光，就提高自己的嗓门说，能做几副就做几副吧。这时老金手里捏着一把渔钩从库房里走出来，他看着郃院长说，你准备用这些木料做什么？

棺材。

给谁做棺材？

郃院长说，你看，院里这么多老人，总会有用着的时候吧。郃院长说完又补充了一句，他说，万一谁有个三长两短，到时候我上哪儿去弄？老金阴沉着脸说，你知道我们都是些什么人吗？郃院长笑笑说，我知道，功臣。老金说，那你为什么还要咒着我们死？郃院长抬起头来，他看着老金说，你是党员吗？老金说，我是党员。郃院长说，你知道党员是什么？党员就是唯物主义者。马克思是唯物主义者，列宁也是唯物主义者。你不是说你是从死人堆里爬出来的吗，还能怕这几口棺材？老金说，放屁，我什么时候怕过死？我们背着人头为你们打江山，还没享几天清福，你就来给我们做棺材？郃院长说，那你说怎么办？老金说，叫这两个木匠走开，别让我们这些老家伙心烦，要不然，我就去找老连长。郃院长说，这就是民政局赵局长的意思。老金瞪着眼睛看着郃院长，慢慢地，他充满血丝的眼睛就变得混浊起来，没了一点光彩，他的背突然间也驼得厉害，在傍晚的霞光里，他的身影显得是那样的虚弱。郃院长似乎有些得意地看了一眼走开的老金，这才清了清嗓门对木匠说，弄吧。

那俩木匠就开始在院子里没明没黑地劳作，最后他们把一大堆红松木材做成了十口一样大小的棺材。过了一些日子，那些棺材又被部院长请来的漆匠漆成了黑色，然后抬到库房里存放在东山墙下。那十口棺材最初整齐地排放在那里显得十分壮观，老钱说，他妈的，再有两口就够一个班了！老德说，这比我们死在战场上强多了。我们那些战友都是软埋的，哪个轮得上这样一口好棺材？老德说着就走过去伸手拍了拍棺材盖子，刚漆上去不久的油漆粘了他一手。老德还没有来得及洗净手上的黑漆就在当天夜里死去了。他跟老金下河摸鱼的时候淹死了，老德成了第一个使用那批棺材的人。在后来的日子里那些棺材越来越少，现在只剩下靠在墙角里的那一口了。

虾米在棺材里躺下来，他的头痛也渐渐地减退了，一切似乎在一晃之间都平静了下来。多年过去了，虾米仍旧能从木头里闻到淡淡的松香气。那种淡淡的松香气仿佛一只细软的小手在一下又一下地抚摸着他的面孔和鼻翼，使他进入梦乡。他常常走进一片辽阔的水域，看到远处的阳光下有一片白色的帆船。他知道他的故乡就在那些像雾一样的地方，他常常在睡梦中泪水涟涟。

虾米醒来的时候，外边的雨还在下。想象中的雨水声和树木的摇动声在他惺忪的脑海里是那样的陌生。他伸手摸了一下棺壁，棺壁上的木纹像水浪一下倾泻下来，他彻底地醒来了。

他懒懒地躺在棺材里，不想动。老金回来了吗？他正在磨他的渔钩吗？老钱还在砸他的白铁皮吗？他知道，即使他们在外面不停地弄出那些声音他也听不到，棺材为他挡去了一切杂噪的声音。可是现在就剩下这一口棺材了。虾米一边这样想着一边动了一下身子。谁会从我的手里夺走这口棺材？这种念头的出现使他感到担心。院里现在还剩下十三个人，老金、老钱、老魁、来福，还有……下一个该轮着谁了？以前多少？二十二。他们一个一个都走了。每送一个人出门的那几天，院子里都会像深夜一样沉静。就连老金也不磨他的渔钩了。老人们都呆呆地坐在自己的房间里，不吃也不饮。炊事员月红用勺子把锅敲得叮当作响，她用粗大的嗓门在院子里喊叫，开饭了——开饭了——可是没有一个人愿意从屋里走出来。麻雀落在院子里，在地上蹦来蹦去，叽叽喳喳地叫。虾米想，那九个人都到哪里去了？他们都回老家了，他们都睡着了，再也不会醒来。

虾米感到肚子里的尿这会儿憋得难受，他挣扎着支起自己的身子，他知道，要不是肚子里这泡讨厌的尿，他会一直在棺材里躺着，他知道，在世上，再也没有比这里更安全更舒适的地方了。虾米从棺材里抬起身子，朝空荡荡的库房里看一眼。老金还没有回来，他想，老金真的被淹死了吗？现在库房里的一切都被越来越浓的黄昏给塞满了。

库　房

高大的库房始建于一九五二年，在那个炎热的夏季里，有一个年仅二十三岁的青年人从正在建造的房顶上掉下来摔破了头颅，白色的脑浆流了一地。

库房建成之后，那个青年人的未婚妻从乡下来到这里住下来，成了盐业仓库里的一名工人。县盐业公司在位于颍河边的这座仓库里一共建造了三栋这样高大的库房，那个时候每座库房里都存放着紫色的食盐，一些食盐被镇里的搬运工人装进麻袋里，然后一包一包地码上去，成了一道有城墙那么高的墙壁。在墙壁里，就是那些堆积如山的粒状的食盐。同样是在一个炎热的夏季里，仓库里的几名工人正坐在高大的盐垛下乘凉，盐垛突然倒塌了，那些紫色的食盐像水一样流下来，把那几个工人淹没了。

虾米那天上午也在那座盐垛下面坐着，那个时候他正为那个女孩红红的脸膛而着迷，她那两条长长的辫子光滑而整齐地垂在她鼓鼓的胸前。她说，虾米，你傻了？虾米从痴呆里醒过来。她说，你傻看个啥？去，去伙房里掂茶去。虾米就站了起来，他伸手拍了拍粘在裤衩上的盐疙瘩走出去。虾米走出库房的时候，他听到一个名叫小头的男人说，叶，虾米相中你了。

在院子里，虾米立住了，他听到了他们发出的嬉笑声，那笑声使他感到有些眩晕。从头顶上射过来的阳光刺得他睁不开眼睛，他仿佛听到了强烈的阳光哧哧地穿过他的皮肤的声音。当他从伙房里提着半桶茶水沿着青砖铺成的通道走回那座库房的时候，就听到一声闷响。起初他以为又是颍河管理处的人在河道里炸航道，可是当他走到库房的门口看到倒塌下来的盐垛时，他明白了。他看到一条黑色的辫子从盐堆里爬了出来。

发生在盐业仓库里的事故惊动了当地的许多人。黑夜里，从盐垛里扒出来的四具尸体摆放在库房的空地上，可是到了第二天早起，仓库主任打开库房的大门时，那个名叫叶的女孩的尸体却不见了，他们几乎找遍了仓库里的角角落落，也没有找到那具尸体。那具尸体不翼而飞，有人说是那个从房顶上摔下来的青年人背走了他的未婚妻。当时的许多人都倾向于这种说法，就连那女孩的父母亲也默认了这种传说，因为她的未婚夫也是从那座库房上掉下去摔死的。女孩的父亲说，你说，怎么会这样巧呢？这是命，生是他的人死是他的鬼，你说说，好好的盐垛怎么会说塌就塌了呢？这件事给那座库房蒙上了一层神秘的色彩。库房在岁月的风雨里一年一年地陈旧，可是有关库房的传说却始终没有减退。在夜间，有人亲眼看到库房里闪出蓝色的火星，从里面发出了咚咚的敲击墙壁的声音。这些传说四处流传的时候，虾米一个人就住在这个空荡的库房里。库房确实宽大，它的房梁是用三根一丈五尺长的红松接成的，这样的房梁一共有八根。虾米的木床放在库房的中央显得是那样的弱小，就像一张在大海里漂荡的小船。食盐浸透了库房的墙壁和地上的青色的方砖，因而库房里到处都潮湿不堪，终年散发着一股盐的气息。那些潮湿带盐味的气息同时也浸透了虾米的被褥，即使他把被褥搭在夏季的烈日下暴晒，也从来没有晒干过。

老金也是在一个炎热的夏季走进这座库房的，他擦一把汗水，望着空荡的库房说，奶奶的，这里真凉快！然后他走到虾米的面前，对他说，这里就你一个人吗？虾米说，就我一个人。老金说，我来给你做个伴吧。虾米说，这里天天都闹鬼。老金说，闹鬼？你不怕？虾米对他点了点头。老金哈哈地笑了，笑完他拍了一下虾米的肩膀说，我这条命就是从死人堆里拣出来的，我怕个屌！我倒听镇上的人说你是个灾门星，今天我倒要看看你这个灾门星是怎样个灾法！虾米看着老金和老德把一张板床抬进库房，放在东边的墙壁下。老金对虾米说，把你的床也搬过来。可是虾米坐在那里没有动，他仍旧把他的小床放在库房的中央。在夜里，虾米几乎每天都会梦见那个名叫叶的女孩，叶一丝不挂地从一片雾气里走出来，她浑身通红，散发着一种迷人的气息，她一声不响地来到虾米的面前，在他的怀里坐下来，然后和他做爱。虾米常常在睡梦里急促地喘息着，发出咿咿呀呀的喊叫声，那声音也常常把老金弄醒。老金说，虾米，你夜里干啥？虾米红着脸说，我啥也没干。有一回虾米喊叫的时候老金正好起来解溲，老金看到虾米的身子在床上一拱一拱的，他用手电灯一照，看到虾米把手伸进裤头里晃动，他脸上的表情痛苦不堪，一会儿他的裤头就被一种液体浸湿了。老金说，这个龟孙，做梦也在想好事儿！

到了第二天夜里，老金就把老德、老钱、老魁、来福他们悄悄地领到了虾米的床前。那个名叫叶的女孩再次从一片雾气里朝虾米走过来，和他做爱，正当他们在盐堆上拧成一团的时候，他突然被一片声音叫醒了。虾米睁开眼睛，在明亮的灯光下，他看到床边站着一群人，那群人面目狰狞地看着他。

老金说，你在干啥？虾米说，我在睡觉。老金伸手拉住他湿淋淋的裤头说，睡觉？这是啥？怨不得你黄病寡瘦的！虾米说，我老做梦，一做梦就梦见一个女人。老金说，见天都是吗？虾米不说话，他感到那些目光像刀子一样剜着他，他想找个地缝钻进去。老金说，他妈的，你小子还见天当皇帝了？滚，还不起来滚！一群人当下就把虾米的床扔出了库房。可是到了夜里，老金还是被虾米的喊叫声弄醒。老金打着手电灯走过来，他不知道虾米什么时候又回到了库房里，他赤身裸体地躺在潮湿的青砖地上，在那里扭成一团。

颍河镇上有一个姓尹的风水先生，听到这件事后就来到了光荣院，他在库房里转了一圈指着虾米睡觉的地方对老金说，这下面有一座坟，坟里埋着一个年轻的女人。老金他们当即掀开了地上的青砖，果然在青砖的下面发现了一排木板。他们打开木板，见到了一口大缸，缸里满是清澈的盐水，有一个赤裸裸的女人缩卷在里面，她的躯体被盐水腌得通红透亮，仿佛是一个红色的玻璃人。在人们把那个女人弄出水缸之后，有人认出了她就是那具失踪的尸体。老金他们拿着棍子指着虾米的脸说，你说，这是怎么回事儿？可是虾米一句话都不说，他蹲在那里抖成一团。虾米因此而臭名远扬。他要是有事儿到镇上去，就有成群的孩子跟着他起哄，朝他扔砖头瓦块儿。虾米变得像一条狗溜着墙根走路，被人们戳着脊梁指指点点。

这件事儿再次在当地引起了轰动，使这座光荣院名扬百里。许多人从很远的地方赶到颍河镇来，就是为了看一看那具被盐水腌得透明的女尸，看一看虾米，看一看那座神秘的库房。可是当他们来到这里的时候，他们只看到了那座高大的库房和那口从库房的地下扒出来的曾经装过那具女尸的大缸。那口蓝中有红色如海棠的瓷缸在阳光下闪闪发光，人们远远地指着那口放在库房门口的大肚子瓷缸说，你看，就是那口缸。

瓷　缸

瓷缸从上游摇摇摆摆漂过来的时候，九生正在河道里撒网。那个时候天色已晚，九生的屁股上挂着一个用荆条编成的鱼篓，他一手提着一架渔网赤着双脚哧哧地走在河边的淤泥里，他的赤脚溅起的稀泥像雨点一样飞出去落在水面上。九生走了一段在河边上立住了，他把渔网放在河水里涮了涮，然后把网一把一把地抖开，在渐浓的夜色里，黄铜的网坠在晚风里发出叮叮当当的声响。九生弓着身子，把架在胳膊上的渔网一用力就撒了出去，渔网在水面上发出了啾啾的声响，最后变成一个圆落到水里。九生直起腰来，他抖了抖系在手腕上的网绳，准备把渔网拉上来。就在九生抬头往河对岸观望的时候，他看到了从上游漂过来的那口瓷缸。由于光线的缘故，起初九生没有看清那是一口瓷缸，他以为那是一段从某个渔船上掉下来的木头。一直到那口瓷缸从他面前漂过的时候，他才看清了它的真面目，这使年轻的九生感到了好奇，怎么会是一口缸呢？九生一边想着一边急急忙忙地拉出渔网，去掉挂在屁股后面的鱼篓，就跳进河水里去了。那个时候两岁的虾米就躺在瓷缸里，他浑身的皮肤像煮熟的虾米一样红，眉毛头发都是白色的，他的身边除了十块“袁大头”之外，什么都没有。颍河镇上的人没有谁知道那口瓷缸是从何处漂来的，因而也就没有一个人知道这个皮肤虾红头发雪白的孩子来自何方。一个秋日的黄昏，渔夫九生成了这个孩子的养父和那口瓷缸的主人。

在此之前，颍河镇上的人除了在镇子东头的酱菜场里见过一些粗糙的陶缸之外，再也没有任何人见过像这样漂亮的釉缸，就连知识渊博的尹先生也只能对此作一种猜测。清晨，九生背着鱼篓上街的时候，就把虾米带在身后，街上的人都围着虾米看。有人说，九生，这是谁？九生说，我儿子。有人说，你老婆都没有，哪儿来的儿子？是不是老鳖精给你生的？人们就哈哈大笑，那笑声把虾米吓哭了。尹先生那个时候还年轻，他走过来看了虾米一眼说，怪胎，这是一个灾门星。他把九生拉到一边悄悄地说，他从哪里来，你还让他到哪里去吧。九生看了看尹先生，什么话也没说，抱起虾米就走了。在人们的视线里，那个红皮肤白头发的虾米真的像一个怪物。尹先生摇了摇头，什么也没说就走开了。果然，虾米没长到十岁，九生就在一个冬季患了伤寒死掉了。在关帝庙管事的冯掌柜抚摸着虾米的头说，你是一个苦命的孩子。冯掌柜就把虾米带到镇西的关帝庙，在大门边的一间厢房里住下来，因而那口缸也就存放在关帝庙的大门边。虾米从那个时候起就常常在夜里做梦，梦见他跟在九生的身后到河道里去捕鱼。可是他捕来的鱼放在镇里的鱼市上从来没有卖掉过。开鱼行的有才常常一边用脚踢着他的鱼篓一边说，滚，滚到一边去。他常常背着鱼篓从麻石铺成的大街上在众人的目光下勾着头走过。他想，离开这里吧！可是我到哪里去呢？我的家在哪里？是谁把我放进那口缸里漂到这里来的？他对此一无所知，他常常在睡梦中泪流满面。

在梦中，他知道他的故乡在一片雾气缭绕的水面上。清醒的时候，他知道他永远也不可能回到他的家中，他想，是谁给了我这样一个与众不同的容貌呢？虾米，你说，你的皮肤为什么这样红？有一年虾米坐在码头上正在给往岸上扛盐包的工人发竹签，人高马大的袁武军抖动着肩上的披单在虾米的身边停住了，他望着虾米这样说道。可是虾米没有理他，袁武军一看虾米的样子就更加得意，他看着在他身边停下来的工人又对虾米说，你说呀？虾米感到他的脸热得发烫，他勾着头，从竹筐里抓起一把竹签在地上蹲着，竹签在他的手里互相摩擦着，发出哗哗的声响，他憎恨所有嘲笑他的人。袁武军说，是不是你妈生你的时候，把你夹在裆里夹得时间长了？袁武军还没说完，在场的人都哈哈大笑起来。谁也没想到这时虾米会像一头发怒的雄狮突然从地上一跃而起，他双手抱着那把竹签朝袁武军刺去。好在袁武军机灵，闪在了一边，要不他身上一准会扎出十几个窟窿。袁武军说你个虾米说句笑话就恼了？他就扑过去，两人扭成一团，从岸上一直滚到河水里去，他们在河水里厮打着，岸上船上一片欢腾，人们兴奋地喊叫着，打呀，谁停下来谁就是妮子养的！虾米一下子抓住了袁武军的手指，一勾头就把他的大拇指给咬了下来。那个时候库房里的盐垛还没有倒塌，多年前把虾米漂来的那口大缸也在盐业仓库的院子里放着。

县盐业公司派来监工建库房的银须老者，年轻的时候曾经在禹州的瓷窑里做过学徒，有一天他路过关帝庙的时候看到了那口蓝中带红色如海棠的瓷缸，那口瓷缸引起了他对许多往事的回忆，因而虾米就成了盐业仓库的看门人。当然那口瓷缸也被搬到了仓库，存放在院子里。可是由于那个夏季突然倒塌的盐垛，那口大缸被人忽视了。事实的真相是，当那个名叫叶的女孩的尸体失踪之后，那口放在院子里的瓷缸也不见了，可当时就是没人发现。被突然发生的事件吓傻的人们处在一种紧张的情绪之中，本来当时盐库里的人就不多，八个人一下子砸死了四个，谁还有心去注意那口瓷缸呢？当时的盐业经理连夜让剩下的人四处去通知死者的家属，就连炊事员也被派下去了，他自己则急急地赶往县城，他把虾米一个人留了下来。可是多年以来没有人知道那具尸体的下落，就更别说那口海棠色的瓷缸了。人们把那口瓷缸彻底地忘记了，一直到它重新被老金他们从地下挖上来。从远处赶来的人远远地看着那口瓷缸在阳光下闪闪发光，他们就会说，你看，就是那口缸。

虾米用胳膊支着身子从棺材里起来，在灰暗的光线里他看到那口放在库房里的瓷缸，一些雨水从房顶上的一个窟窿里流淌下来，发出哗哗的声响。老金扬起脸来，他看了一眼已经接近腐朽的房顶对虾米说，去，去把外边那口缸弄过来。虾米说，弄缸干啥？老金说，你是瞎子吗？你没看房顶漏雨了吗？

去把那口缸弄回来接雨。虾米说，听说院长从镇上弄来修房子的钱了？老金停下手里正在磨着的渔钩说，你想让我把那口缸砸了是不是？我告诉你，要不是那口缸好看，当初从地下挖上来的时候我就把它砸了！虾米说，这房子漏雨，总得修修吧？老金说，你也不撒泡尿照照，你有资格管这事吗？现在从缸里溢出来的雨水把库房里的地面弄得水汪汪的一片。虾米想，再这样下去库房就会到处都是积水。虾米望一眼库房里一挂又一挂的渔钩，然后用拐杖架着身子走到门边，通过稠密的雨丝，他看到不远处的房子都被雨水改变了本有的颜色。虾米站在潮湿的空气里，他的眼睛又流下了泪水，他抬起衣袖擦了一下。之后他看到有一个身穿雨衣的人从中间那排房子里出来，沿着通道朝大门边走去。他们找到老金了吗？虾米想，天就要黑了，不知他们找没找到老金，难道他就这样被水淹死了吗？早起走的时候他还是好好的。虾米一边想着一边望着那个穿雨衣的人被雨水吞没了。由于他的眼睛老淌泪，他没有看清那个穿雨衣的人是谁。几年前他的眼球角膜发生了一次病变，那次病变在他的眼睛里留下了一片白翳，因而他视线里的一切都是混浊的。即使在没有下雨的日子里或者在白天里，光荣院在他的感觉里也是常常处在黄昏之中。

光荣院

光荣院坐落在镇子西边的那片长得参天的杨树林里。杨树是多年前县盐业公司植下的。从上游或下游开过来的装盐的船只就停靠在盐业公司仓库外的码头上。一船又一船的紫盐运过来，镇上的搬运工人就歌着号子一包一包地扛上岸去，然后又一车一车地拉出去，从颍河镇往北运往许多地方。有一天公司里那个姓孙的经理突然对正在大门边晒太阳的虾米说，上游的河道里修了一座大闸。虾米看着孙经理灰色的面容有些不解地说，闸？啥样的闸？孙经理伸手摸了一下他雪白的头发，然后摇了摇头就走开了。虾米长这么大从来没有见过闸，也没有谁对他讲述过闸是一种什么形状的东西，但他知道闸非常厉害，自从闸出现以来，那些运盐的货船就再也没有来过。虾米看着库房里的紫盐一日接一日地少下去，最后整个仓库都空了下来，虾米的腿就是那一年被盐包砸断的。那一天虾米和两个工人正在库房里清理垛下的盐底子，一个工人突然在盐里发现了一些新鲜的黄土，他说，哪来的黄土？越来越多的黄土使他们感到迷惑不解。一个青年说，这下面有黄鼠狼窝吧？另一个青年说，只听说过黄鼠狼拉鸡，没听说过黄鼠狼偷盐。一个青年又说，听说黄鼠狼要是偷吃了盐，浑身的毛都会变成白色的。

他们说完就看了满头白发的虾米一眼。那个时候虾米感到呼吸困难，他依靠在盐垛边紧张地喘息着，那包盐就是这个时候从他的头顶上滑落下来的，在虾米的号叫声里，那个年轻人忽视了那些新鲜的黄土。

在后来的日子里，虾米一个人守着空荡荡的院子，他像一个幽灵在院子里游荡。他从前面那一排瓦房里走出来，穿过一片空地，来到第一座高大的库房前站住，回过头来，他在阳光下或在霏霏的细雨里去看望那排红色的瓦房。空地上的杨树已经长得参天，空地上同时还长满了杂草。虾米常常能看到有蛇在草丛里游来游去，有的时候也能见到一两只黄鼠狼，而更多的时候他看到的是一些硕大的老鼠，那些吃盐的老鼠的皮毛都变成了灰白色，它们一边在草丛里奔跑一边发出叽叽的叫声。虾米往往就在那些叫声里停下脚步，他站在沉静空荡的院子里，常常感觉到有一股寒风穿过他的后背。他常常惊恐地回过头来，可是他只看到了一些从树叶里滑下来的零零碎碎的阳光。院子里没有一个人，只有从那些高大的杨树上不停地落下来的虫屎声，沙沙沙……虾米在恐惧里抬起头来，他看到了那排房子关闭的门。一些人曾经像影子从那些门里进进出出，虾米从那些人里可以看到那个名叫叶的女孩，可以看到那个长了一脸麻子的炊事员，还有那个小个子的孙经理。现在那些门都被一把又一把的铁锁给锁上了，那些铁锁被散发着咸味的空气腐蚀得锈迹斑斑。

虾米常常沿着那条砖缝里长满了杂草的通道穿过后面的两排库房，来到后院的菜地里。在夏季里，虾米就在那片肥沃的土地里种上一些蔬菜，他在寂静的风中劳作，常常能听到自己呼呼的喘息声和手中的锄头犁过黄土的声音。有的时候他在烈日下直起腰来，用手臂擦一下头上的汗水，看一眼不远处的那几个坟头。被盐垛砸死的那三个人就埋在围墙的下面。围墙边上生长着一些高大的杨树，杨树的树荫使得围墙的墙脚上长满了淡绿色的青苔，沿着墙边的那条小路走过来，现在你可以看到后院里有两排坟墓，在南边那一排你可以依次数到九个坟。随着时光的移动这里成了墓地。

老金说，不行，我们得给老德另外选一个地方，不能给那三座坟排在一起。

院长说，为什么？老金说，你是院长，就不知道为了啥？我问你，你当的谁的院长？没有我们这些老家伙，哪儿来的你这个院长？

院长说，那你说怎么办？

老金回头看了一眼他身后的那群老人说，我们得另起一行。院长说好吧，他就让虾米在老金指出的地方去打墓穴。虾米在阳光下再次抬起头来，他看到那三座坟头上长满了绿色的杂草，那三个被盐垛砸死的人使他想起了叶。虾米在阳光下伸了个懒腰，他回头看一下那座高大的库房，就放下手中的锄。虾米绕过库房的山墙，来到库房的大门边。他从裤带上取下一把钥匙打开库房的大门走进去，就感到有一股阴冷的气息扑鼻而来，但他还是走到库房的中央。库房的中央放着一个木板床，虾米就在那张小床上躺下来，慢慢地进入了梦乡。在梦里，有一个赤身裸体的女孩朝他走过来，他看清那是叶。叶的肌肤使他陶醉，他们就在灼灼的阳光下无拘无束地做爱。有一天他刚刚看到叶从一片阳光里朝他走过来，他就被一只手掌给拍醒了。那个人说，哎，醒醒。虾米从睡梦里醒过来，他看到有两个陌生的中年人站在他的床前，那两个男人各自戴着一顶蓝色的呢帽，其中一个胖子对他说，是你在这儿看院子吗？

虾米用惺忪的眼睛看了他一眼，然后点了点头。另一个男人对虾米说，这是县民政局的赵局长。赵局长对虾米说，你能跟我一块儿看看这个院子吗？虾米就从他的木板床上站起来，领着那两个男人从后院的菜地一直转到前面那排瓦房前。赵局长说，不错，就是这个地方了。后来他指着中间那座高大的库房说，把中间这两座库房扒掉，再建两排像前面那样的瓦房就更理想了。虾米对他们的话感到迷惑不解，他说，为啥要扒掉这两座库房？这可是盐业的房子。赵局长笑了，他拍了一下虾米的肩膀说，往后这里就是光荣院了。

光荣院？

对。另一个男人补充道，这里要住下一些老战士，他们都是残疾军人，在战场上负过伤。

虾米说，那他们为啥不回家？

家？赵局长笑了，他说，他们要是有家还设这光荣院干什么？这光荣院就相当于敬老院你知道吗？我们要让那些从战场上下来的老战士安度晚年。虾米还是没有完全弄明白那个胖子的话，他用拐杖支着自己的身子在阳光下往前移动，他当时并不知道，他作为盐业公司的条件之一也被移交到民政部门，他一晃一晃地在那条青砖小道上行走，尽管是在夏季，院子的空气里仍然漂浮着潮湿的咸味，从高大的杨树上不停地往下落着黑色的虫屎，沙沙沙……院子里到处阴森森的充满了鬼气。到了春季，整个院子就被厚厚的树冠遮盖着，只有到了寒冷的冬季，从河对岸走过的人才能从那些灰色的树丛里看到那片潮湿的暗红色的屋顶。孙医生对虾米说，这个鬼地方，跟医院里的太平间没什么两样！

医　生

雨前，虾米常坐在光荣院门前那片靠着河道的空地上晒太阳。他抬头看一下头顶上的天空，强烈的阳光使他的泪水涌出眼眶，他就用手背擦一下夹在眼角里的眼屎和泪水。虾米感到自己手上的肌肉已经没有一丁点的弹性了，骨骼也像孙医生从医院里拿回来的照片一样清晰地显露出来。

有一天，孙医生把放射照片放在他的面前对着灯光用手指着说，看到了吗？骨折，就这儿。那个时候孙医生正在夹着尾巴做人，他对光荣院里的每一个人说话都小心翼翼，他像一个木偶扭着他的小屁股在老人们中间不分高低贵贱地跑来跑去，因为他在颍河镇医院里刚刚把一个乡间女孩的子宫当作阑尾切下来，受到处分来到这里。现在虾米坐在一只破旧的藤椅里，正在用左手抚摸着那段被孙医生接错位的骨节。冬天里的一天，他拄着拐杖上厕所，不知谁把一泡尿撒在了厕所门口，结果导致了他左手的骨折。他思忖到，多年前我被砸断了左腿，现在左手也断了。那段骨节像一粒花生米常常使他想起一些更为遥远的往事。阳光像林中的虫屎一样沙沙地从空中或者他幽深的记忆里抖落下来，打在他的脸上和杂乱的白发上，打在他那时刻都在颤抖的长满老人斑的左手上。他抚摩一下手上的阳光，就听到手上的老皮干裂得像一张晾干的蛇蜕发出嗞嗞的声响。他眼里又有泪水流了下来，他掂起手边的衣襟擦了一下泪水，那衣襟像用浆子浆过一样生硬。

虾米，你怎么又用褂子擦眼了？孙医生骑着车子突然出现在他的身边，他伸手打掉了他手里的衣襟。孙医生总是这样，他总是这样像鬼魂似的在院子里飘来飘去，让你捉摸不定。可是当你有病的时候，找翻天你也找不到他，没事的时候他却像树林里的虫屎一样无处不在，或者像一条狗来到你的身边在你的腿上耖来耖去。现在他一边把车子支起来一边说，看看你的衣服都成什么颜色了，你还用这擦眼！

虾米说，你让我用啥擦？我的眼光流泪。

流泪就用褂子擦吗？孙医生说，你为什么不趴到树皮上去耖一耖？虾米好像忘记了他们正在讨论的话题，他又用手背擦了一下流下来的眼泪，还没等他把手放下来，孙医生就叫了起来，虾米，你就是一头驴，像你这样什么时候能治好眼睛？我给你说过多少次了，要注意卫生，闻闻你身上什么气，看看像不像个茅坑？

虾米争辩道，啥时候也好不了，你不舍得给我用好药。

什么样的药好？孙医生生气了，他说，保胎药好，你能用吗？再好的药用在你身上也不行，我看只有阎王爷才能治好你的病。

虾米也生气了，他想从那只破旧的藤椅上站起来，但是他努力了两下也没能站起来，他只有拿起身边的拐杖捣着地说，你咒我死吗？你咒我死我偏不死，你嫌我活得多了是吗？马……可是没等他说完，孙医生就打断了他的话，呀呀呀，虾米，你一嘴吞个砂锅子，光知道脆不知道碜呀，那马克思也是你说的？马克思来这光荣院里叫八百回也轮不到你呀！你听人家老金说马克思，你就觉得你也有资格说马克思了？马克思是干什么的你知道吗？马克思是个开药铺的，专给那些病入膏肓的人看病。你也有资格说这话？孙医生说着指着他们身后的大门说，看看咱院里的哪个人不比你有资格？

一说这话虾米就不再言语，他放下手中的拐杖，脸上因气愤而绷紧的肌肉也松弛下来。他知道在大门边下棋的残臂老钱和来福一准都停了下来，正在支棱着耳朵用蔑视的目光往这边看。虾米坐在那里扭动了两下身子，他的后背上好像爬上来一条浑身是毒的毛毛虫。孙医生一看虾米的样子，就把嗓门放得更大了，他想让待在大门边的人听见他正在说什么，他用讥笑的语气挖苦虾米说，看看人家老钱和来福，人家哪个人身上没有几个枪眼子？你身上有什么你说说？你身上只有屁眼吧！

虾米坐在那里，这会儿他几乎变得像个受了恐吓的孩子，用乞求的目光望着医生，他说，你看看你，我……

孙医生突然哈哈大笑起来，他一边笑一边用手指着虾米说，虾米，哈哈，你这个虾米……孙医生把声音压低了，他趴在他的耳边说，他们身上的枪眼算个屎，你还真在乎？医生说完推起他的车子，然后看着虾米说，捎东西吗？这回可是真的，不是给你开玩笑，我要到镇里去。

虾米坐在那里，目光有些痴呆地看着医生，他说，你和院长不是昨天才去过吗？

医生说，我能跟院长比吗？院长昨天就没回来。

虾米说，他夜里没回来？

医生说，怎么，他没有向你请示？他去逛妓院了你知不知道？

医生的话使虾米有些吃惊，他说，真的吗？镇上现在让开妓院了？医生一脸当真地说，是呀，要不要我带着你去找个肚皮搞搞？一听这话虾米就明白医生又在耍他，就不再理他，他看着医生那瘦弱的身影在河道边的土路上晃来晃去，他想，他在骗我，现在镇上会有妓院？他坐在阳光里，不由自主地摇着头，他仿佛看到了秋香那细细的腰肢了。秋香说，你是谁家的小子？脸红得像虾米一样……秋香还没说完，就想起来了，她拿腔捏调地说，哦，你就是当年那个坐在缸里从河里漂来的……虾米哆嗦着声音说，我有钱。虾米说着就从他的兜里掏出来一个小布包，他的手一抖，那十块“袁大头”就从布包里抖落下来，掉在地板上，发出了悦耳的声响。秋香两眼放光地看着地上的银圆，她说，你也想吗？她一边说一边解开自己的衣襟，他看到了秋香怀里那两个又大又白的奶子，那奶子放出一种光，一下子就把他给打晕了。他看着秋香一件一件地脱去自己的衣裳，她走过来伸手就搂住了虾米。秋香说，没出息。秋香说完就蹲在地上去拾她的“袁大头”。虾米站在那里不知所措，他看到秋香的长发散落下来，盖住了她的脸，她在突然之间就变得像一个没有脸的女鬼。虾米发出一声惊叫，提上裤子转身就跑，他赤脚跑出了香春院，他听到楼上的秋香在窗子里朝他喊道，哎——肚皮，你弄的是肚皮！十块大洋才弄了一下肚皮，天哪……颍河镇上的麻石街道被虾米的赤脚拍击得吧唧吧唧响，虾米惊乍着他那白色的头发逃回了河边，逃回到九生留给他的渔船上，他把放在瓷缸里随他漂来的那十块大洋撒落在香春院里的地板上了。虾米想，他在骗我，现在哪里来的妓女院？除了你三天两头带回来一个大闺女吧！

孙医生常常把一个花枝招展的女孩从镇上带回到光荣院里来。到了夜里他们会在医疗室里弄出很响的声音，有时候那个女孩还会发出哎呀哎呀的喊叫声。每到这个时候老金就会从床上坐起来，他骂道，杂种，这不是折磨人吗？老金一边说一边穿上衣服走出库房，沿着那条青砖通道一边骂骂咧咧地往南走，在穿过中间那两排房子的时候，他看到黑暗里晃着一些身影，院里的人都被医生和那个女孩弄出来的声音折磨着，那些老家伙在黑暗里站着聆听着那来自生命内部的呐喊，没有一个人敢发出声音，就连咳嗽的时候，他们也小心翼翼地用衣襟捂着自己的嘴。可是老金却一路骂着走到医疗室的门前，他用手拍打着门说，开门开门。喊叫声消失了，医生说，谁？老金说，我。医生说，黑更半夜干什么？老金说，我胃疼。医生说，你拽什么洋文？什么胃？那不是肚子吗？猪肚子羊肚子，回去弄碗热茶喝喝就好了！医生的话常常让人不知道应该怎样来回答，有些时候就连院长也让他几分。虾米现在站在库房的门口，感觉到充满水汽的空气变凉了，他不由得裹了一下自己的衣服。这个时候，他看到有一个人打着一把黑色的雨伞，从哗哗的雨水里朝库房这边走过来。起初他以为是老金从河道里捕鱼回来了，可是等走近了，他才看清那个人是独臂老钱。老钱来到库房的门口停住了，他对虾米说，哎，见王院长了吗？

由于雨水拍击着周围的东西，老钱的声音听上去显得很遥远。

虾米说，没有。

老钱说，他是不是自从那天进了镇就一直没回来？

虾米说，我也不知道，那天我也是听医生说的。

医生呢？你见医生了吗？

医生？虾米看着老钱说，医生也不在吗？

老钱有些焦急地说，老魁病了，我把院子都找遍了，也没见他的影子，还有老金。

虾米说，老金咋了？

老金掉到河里去了。

虾米说，真的吗？

镇上的人都快捞了一下午了，这么大的水到哪儿去捞？说不定已经冲出去几十里路了，你说怎么办？这些熊人，都死了吗？前面的房子都漏水了，一个管事的人也找不到。老钱愤愤地说，我们这些老家伙没人管了！老钱说着就打着雨伞往回走。

虾米说，你去镇上找院长吗？走出几步远的老钱站住了，他回过头来，看了虾米一眼，在稠密的雨水里虾米变得模糊不清。他说，死他吧！我才不去找他呢。

虾米站在那里，看着老钱的身影一点一点地融进雨水里。大雨已经下了三天两夜，下雨的前一天王院长就到镇里去了，院长至少已经有四天没有回到院里来了。这种情况使虾米有些忧心忡忡。

院　长

王院长说，老天兴，出牌呀！可是老天兴坐在那里望着他面前的牌阵犹豫不决。院长有些不耐烦了，他说，你还出不出牌？你看看你出一张牌有多难吧，就像日牌一样。老天兴看了院长一眼，这才从牌阵里抽出一张牌来，老天兴说，一万。还没等老天兴把牌放下，王院长唰的一下就把牌推倒了，他从老天兴的手下拿过那张一万，放在自己的牌阵里，说，这不妥了，一四万。老天兴就探着头去看院长的牌，他嘴里懊悔地叫道，看看，我就知道他赢万字，看看……来福伸手捋了一下老天兴的后脑勺说，老熊渣滓，知道你还出牌？院长显得十分高兴，他一边伸手洗牌一边对老天兴和来福他们说，进贡进贡，来福，你的一块，老天兴，你的两块，快掏。他们把牌弄得哗啦哗啦响。在夜间，那声音在空荡荡的院子里不时地响起来。老金放下手中的渔钩，抬起头来朝黑暗里看了一眼说，他哪里像个院长？带头赌博！虾米躺在床上，他听到老金又说，以前的部院长像他吗？在灰红的灯光里他看到老金的脸上充满了忌恨，他把自己的不满都发泄到他的渔钩上了，他磨渔钩的声音仍旧像刀子一样剜着虾米的头，虾米用被子蒙着自己的脸，用手使劲捂着自己的耳朵，可是那声音还是钻进来，在他听来，那磨钩的声音近在咫尺，虾米常常都是在老金的磨钩的声音里慢慢地睡去。

虾米醒来的时候，他又一次听到洗牌的声音从南边的排房里传过来。他抬头看看，老金不知道什么时候也睡了。他听到王院长的声音从黑暗里传过来，他说，来福，出牌！虾米不知道他们坐在牌桌上有多长时间了，一天？一天一夜？还是两天？他们洗麻将的声音如同库房外的雨一样，不知击打多长时间了。老天兴坐在灯光下，他的秃头一闪一闪地映着灯光，可是他的眼睛里却充满了血丝，他望着院长打出的牌说，啥？院长说，七条，赢不？老天兴摇了摇头。院长有些得意地说，我就知道你不赢条子。老天兴说，我要你的干啥，我自摸。老天兴说着就伸手去起牌，王院长看到老天兴起牌的手都在哆嗦。老天兴哆嗦着手摸起一张牌，双手捂着举到眼前，他突然大叫一声，哈哈，扎子！他把那张牌啪地往牌桌上一摔，继续说道，也该老家伙翻翻身了！老天兴站起身来，可是他突然感觉到头痛欲裂，双眼冒着金星，天地都摇晃起来，随后他就一头栽倒在地上，死了。那个时候院长还正在察看老天兴的牌阵，他说，这老家伙，真的自摸吗？乖乖，他这一下就赢去我九块。

老天兴死于突发性的脑出血，孙医生说，他太兴奋了。老金说，狗屁，那是他坐的时间长了，一连在牌桌上坐那么长时间，谁受得了？最后老金指着院长说，我去镇里告你。院长说，你告，也得先把老天兴葬了。于是，老天兴就用去了存放在库房里的第九副棺材。在那个阴雨连绵的春季里，院长从镇里请来了一帮青年人，把装了老天兴的那副黑漆棺材抬到了后院的墓地里，埋了。在后来的几天里，光荣院里突然静了下来，仿佛这里是一个空荡荡的院子，连一个瞎鬼也没有。老金坐在库房里闷头闷脑地磨他的渔钩，他突然停下来对虾米说，我要去镇里告他！

老金说着就站了起来，虾米就是这个时候，看到王院长走进库房里来的。他来到老金的身边，叫了一句，老金，我来找你汇报工作。老金耷拉着黑脸走到自己的床边坐下来。院长也走过去，在他的身边坐下来，他说，老金，我的工作做得不好，我向你检讨，你是个老前辈，你是老战士，你是老革命，你的老连长，也是我们的民政局局长让我有事儿多向你请教。老金说，他是这样对你说的？院长说，那还会有假？按说咱们都是你们老连长的下级呀，你看着我哪点做得不对，就当面给我指出来，也是对我的关心嘛，今天你要是不说，那就是你的不对了。老金说，好，我说！这天兴的事儿咱就不说了，你说说，咱院里现在的伙食怎么样？你说我们这些老家伙一个月多少钱的伙食费吧？院长说，老金，现在跟过去不太一样了，那个时候我们的钱是县民政上拨过来的，可现在一切开支都是乡镇财政包干，有些事儿不好说。老金打断了院长的话，他说，那我不管，我只问你，现在我们的生活费一个人到底是多少？院长说，一百二。老金说，一百二？你自己说，这一百二到我们这些老家伙嘴里有多少？我们十三个人抬一个炊事员吃饭我们认了，你顿顿吃饭不打钱我们也不说，你老婆来住个三五天吃饭不掏钱我们也忍了，可是你给我说，你三天两头请镇里的领导吃饭，那钱你从哪儿出？院长说，老金，你真是不知道我的难处，你看看我们院里的哪一间房子不漏雨？你看看棺材用的也就剩一副了，你说哪里不需要钱？我不是想给镇里多要点钱吗？现在的事儿，哎……老金说，这我能理解，你是为了大家，可是你总得关心关心我们这些老家伙吧？我还是那句话，要是没有了我们这些老家伙，你当的谁的院长？我们不要求别的，我们洗脸的毛巾香皂你总得发一点吧？你说说，你有多长时间没有给我们发毛巾了？都快一年了！院长说，发，发，你看我不是忙吗？这样吧，明天我就到镇上去买，买回来后交给你，由你来发，往后这样的事儿就由你来办了。一听这话，老金的脸就变了。有一段时间里，老金就帮着院长跑这跑那，就像他是一个副院长似的。他说，院长也不容易，院长真不容易。于是院长就有了更多的时间到镇上去，他常常在镇上一住就是三五天。不过院长也常常从镇子里带回一些消息。

王院长在伙房里说，镇子里正在修路，好多老房子都被扒掉了。虾米说，代家的药铺也扒了吗？众人一听虾米说这话，都哈哈地笑了起来，来福把吃到嘴里的饭都笑喷出来了。院长说，虾米，你说的那是哪一辈子的事儿？镇上有代家的药铺吗？虾米知道这个王院长根本不知道镇上曾经有过一个姓代的医生开过药铺，代家的药铺都扒了三十多年了，现在连在药铺的原址上盖的房子都要扒掉了，他怎么会知道？说不定那个时候他还在他妈的怀里吃奶呢。王院长说，大街要开三丈宽你知道吗？虾米不知道，他记不清自己已经有多少年没有进过镇子了，尽管那个镇子和光荣院近在咫尺，镇子里的街道和灰色的房顶却变成了一团黄色的雾霭在他的想象里漂浮，镇里的人都快把他这个红皮白毛的老怪物给忘记了。虾米望着稠密的雨帘想，雨已经下了三天了，院长已经有四天没有回来了，这使他有些担心。老金掉到河里去了，他会淹死吗？不知道院长什么时候才能回来。他们正在河里捞老金吗？虾米往院子里看看，雨水从天空中砸下来，在地上荡起了白色的水汽，没有一点要停下来的意思。虾米在雨水里看不到一个人影，就连前面的排房也模糊不清。人都到哪儿去了？老金真的掉进河里去了吗？他努力地想从雨水里辨别出老金走在雨水里的脚步声，可是无论他怎样努力，他都感觉不到。他想，老金真的掉进河里去了。虾米回过头来，朝老金的床前看了一眼，他突然发现老金的勋章不见了。虾米想，奇怪，老金的勋章哪儿去了？

勋　章

老金的勋章别在一绺红布上，由于长年的抚摸，那绺红布都变成黑的了。勋章一共三枚，在红布上由上至下一字排开，就挂在老金的床头上方。老金在墙壁的砖缝里揳根木橛子，那块别着三枚勋章的红布绺就挂在那根木橛上，风一吹，那三枚勋章就会互相撞击发出当啷当啷的声响。老金喜欢听那声音，每当从库房的大门里吹过来的风摇动那几枚勋章的时候，老金都会停下手中的渔钩，朝虾米看一眼，然后去看那三枚勋章。虾米明白老金的意思，他也去看那悬挂的勋章。镀在勋章上的那层铜色已经被磨损，露出了铁的本质。那些勋章看上去粗糙而不精巧，就像几块被人踩扁又晒干的黑色的粪饼。有时候孙医生从院子里走进库房，他朝坐在地上的老金说，磨钩了？老金抬起头来看了医生一眼，没有说话，又把头勾下来，继续磨他的渔钩。虾米知道老金讨厌医生，可是医生却不在乎这些，他接着又朝坐在东墙下的虾米走过去。那个时候虾米的眼睛在流泪，正用他的衣襟擦眼睛。医生一看虾米的样子就叫起来，医生说，虾米，用啥擦？虾米停下来，看着模糊不清的医生朝他走来，医生一边走一边说道，你这把年纪了怎么就没长记性？就在这个时候，挂在老金床头上的勋章被风吹动起来，医生被那些勋章发出的当啷当啷的声音所吸引，他停下脚步，站在那里看着那几枚勋章，然后朝老金的床边走过去。医生来到老金的床前，两眼盯着那几枚勋章认真地看，他把手伸出去，想把那几枚勋章从木橛上摘下来。可是还没等他的手够着那绺红布，老金突然停住手中的渔钩，朝他叫道，住手！

老金的喊叫声把医生吓了一跳，他伸出去的手又停了下来。他回头看了一眼老金说，什么东西，这么金贵？

老金把手中的渔钩丢进身边红色的瓦盆里，站起身来，走到水盆边用水洗了洗手，然后走到医生的身边，他看了医生一眼指着挂在那里的勋章说，这可不能动，我告诉你，想看，就得先到水盆里去洗洗手。

医生说，我洗了手能看吗？

老金一边从木橛上取下勋章一边说，想看，就去洗手吧。

医生就忙跑到水盆边洗了一把手，回到老金的身边，对老金说，让我看看吧。

老金把勋章递给了医生。医生看了一眼抬起头来看着老金说，这是什么？

老金说，这都看不出来吗？

医生说，看不出来。

我问你，老金在衣襟上擦了一把手说，我们这是啥地方？

医生说，光荣院。

光荣院为什么光荣？老金伸手从医生的手中把勋章要了回来，他指着勋章说，就为这，这是勋章你知道吗？老金说着用一只手拉起自己的裤腿，露出了他腿上的那道伤疤，他用手把腿上的伤疤拍得啪啪响，他说，看到了吗？就是用这换来的！老金又摇着手上的勋章说，这是勋章，是用我的命换来的，你知道吗？

医生有些意外地说，这就是你常常说起的勋章吗？医生说着从老金的手里接过勋章仔细地看着，他指着上面那枚勋章说，这一块儿是在哪儿得的？

老金摇了摇头说，记不起来了。我只知道那一仗是给新五军干的，那一次我一口气用刺刀刺死了三个敌人。

医生说，敌人？你认识你杀死的那些人吗？

老金说，不认识。

医生说，不认识你怎么知道他们是你的敌人？

老金说，那是老连长说的。

医生说，你们连长认识他们吗？

老金说，不认识。

医生说，不认识他怎么知道他们是敌人？

老金生气了，他说，有你这样说话的吗？那战场上谁认识谁呀？连长说上我们就上，连长说打我们就打。

医生说，说了半天你是为你们连长卖命呀。

老金更加生气了，他说，你真是个混账东西！不为连长打仗哪儿来的这勋章？我告诉你，这勋章就是我们老连长发给我的，你说，要是没有这勋章，哪儿来的这光荣院？没有这光荣院，你会来这里享清福？

医生不屑地说，这些勋章是真的吗？

老金说，那还会有假！

医生说，可是老钱咋说你这勋章都是假的？

老金瞪着眼睛说，他敢这样说？

医生说，他就是这样说的。

老金的脸这会儿都气成紫色的了，他说，走，你给我一块去找他。虾米看到老金一把抓住医生的胳膊就往外走，虾米站起来，他用拐杖架着自己的身子也往库房的大门边走去，他看到老钱那个时候正在院子里和一个收破烂的青年人讨价还价，老金上去一把抓住了老钱，他说，你说，你都给医生说啥了？老钱说，没有说啥呀？老金把手中的勋章朝老钱晃了晃说，你说，这些是真的还是假的？

老钱说，拿过来，让我看看。

老金说，你都看了多少遍了。

老钱说，再看看，不看咋知道是真还是假？老钱说着把老金手里的勋章夺了过来，他看了一眼递给那个卖破烂的青年人说，你看看这顶多钱？

收破烂的青年人把那勋章放在手里看了看说，几片生铁，不顶五分钱。

老钱笑了，他看着老金说，听到了没有？几片生铁，不顶五分钱。

老金一下把勋章从那个青年人手里夺过来，他两眼放着凶光，用手指着老钱说，我非杀了你不可！老钱笑呵呵地说，来呀，我早就活腻了。

老金说，你等着。老金说完转身就走。

老钱站在那里看着老金一直走进库房的大门，老钱骂道，你他妈的算老几，整天把你的勋章挂在床头上，你那是狗屁勋章！你那勋章都是从死人的身上摘下来的！真正的勋章在这里！老钱说着，用他的右手拉起他左边空荡荡的衣袖对医生说，你看到了吗，真正的勋章在这里！老钱说完放下他的衣袖，朝南边走去。站在库房门口的虾米看到老钱那只空荡荡的袖子被风吹起来，在他的身后一摆一摆的。这时气呼呼的老金又坐在库房中央哧哧地磨他的渔钩，他把对老钱的仇恨全都发泄到那只渔钩上了。他磨了几下把那渔钩亮在眼前，好像是对虾米又好像是在自言自语，你等着，有一天我非把你当成一条鱼扔进河里不可，我让你的身上挂满渔钩。虾米知道老金是在说老钱，老金在仇恨谁的时候，总是用这句话来发狠。虾米回过头来，库门外铺天盖地的雨水使他看不清屋子里那些一挂又一挂的渔钩。虾米想，这个老金，到现在还没有回来，他真的掉进河水里去了吗？他又朝那个曾经挂着勋章的地方看了一眼，他想，老金的勋章哪里去了？

虾米走到老金的床边，拉亮了电灯，他想借助灯光寻找老金的勋章，他知道老金不会把他的勋章带走。他只是到河边下钩去了，他带勋章干什么？可是虾米找遍老金的床铺也没有找到那几枚勋章。最后他在床头的墙壁里发现了一绺红布，那绺红布从一个墙洞里露出来。虾米伸手捏着那绺布头往外拉，那几枚勋章就从墙洞里当啷当啷地滑出来。虾米把那几枚勋章放在手上，那几枚勋章好像是在突然间就变得锈迹斑斑。虾米想，是谁把老金的勋章弄到墙洞里去了？这时有两只老鼠追赶着从他的腿下跑过，他突然间好像明白了，是老鼠，是老鼠把老金的勋章拉到墙洞里去了。虾米站在那里，望着挂在墙上的勋章，他很早就想把那几枚勋章从墙上摘下来放在手里看一看。他想，我要是有一枚这样的勋章，在这光荣院里，谁还敢不把我当人看？他连做梦都渴望着能拥有一枚这样的勋章。可是每当他的手接近那几枚勋章的时候，老金都会出现在门口，老金说，虾米！虾米的手就给吓回去了。现在那几枚勋章就在虾米的手上，在暗淡的灯光下，他看到的只不过是几块锈迹斑斑的铁片，那个收破烂的青年人说顶不了五分钱。老金，看把你金贵的！虾米这样想着，又重新把那几枚勋章放到地上，塞到墙洞里，他又找了一根小木棍顺着墙洞把那几枚勋章往里面捣了捣，就连露在外边的那绺红布也捣进去了。虾米想，老金，这可不能怪我，要怪，你就去怪那些老鼠吧。

在做完那一切之后，虾米突然间感到有些饥饿。他这才想起来，由于雨水的缘故，他快有一天没有到前面的伙房里去吃饭了。虾米想，月红做好饭了吗？都什么时候了，怕是他们早都吃过了。虾米架着拐杖朝东墙边上的棺材走去，他的那件破雨衣还挂在棺材上。他准备穿上雨衣，然后到前边的伙房里去吃饭。

伙　房

虾米冒雨穿过中间那两排房子的时候，看到娱乐室里亮着灯光。在雨中，他还隐隐约约地听到有人在屋里说话，他站在那里犹豫了一下，还是一瘸一拐地走进门去。在屋里，他闻到了一股酒气。虾米撩开头上的雨帽，他看到医生一个人正坐在茶几前喝酒。虾米四处看看，屋里再没有别的人，只有一个陌生的男人和一个陌生女人正在电视里讨论着什么。虾米朝医生说，哎——

医生听到声音抬起头来看着虾米，他的脸在灯光下显得一片蜡黄。医生朝虾米举了举杯子说，老钱，来，干一杯。

虾米说，我不是老钱。

医生说，你不是老钱，那你是谁？刘娜吗？

虾米说，我不是刘娜。

医生站了起来，他摇摇晃晃地往虾米的身边走，他说，那你是谁？他来到虾米的身边，看清了站在他面前的人，他伸手搂住了虾米的脖子，满嘴喷着酒气说，噢，是你呀，虾米……哈哈，虾米，我把你两头一掐卷烙馍吃了。俺妈烙的烙馍最好吃，世界一流，没有谁能比得上俺妈烙的烙馍，你说，你去不去？你要不去你就是俺爹……虾米推开医生说，你醉了。

医生说，你说谁醉了？鳖孙才醉了……

虾米说，老钱找到你了吗？

医生说，老钱？哪个老钱？

虾米说，就咱院里的老钱，断臂老钱。

医生说，他找我干什么？

虾米说，老魁病了，他让你给老魁去看病。

医生说，看病？放屁！老子也病了，谁来给我看？我现在什么也不干，老子就要喝酒。医生说着又摇摇晃晃地走回到茶几前坐下来，他掂起酒瓶倒了一杯酒举起来对虾米说，来，喝酒，咱俩喝酒。

虾米说，我不喝酒……

还没等虾米说完，医生就说，不喝？不喝你就滚吧，都滚吧，刘娜走了，你们也都滚吧！刘娜不要我了，她去和别的男人睡觉去了，她不要我了……医生手中的杯子掉在了地上，医生说，她不要我了，她不要我了……医生突然哭了起来，他哭得像个孩子。虾米站在那里不知所措，他不忍心看他的样子，就把目光移到一边去。虾米看到靠后墙的地方有两处房顶正在啪啪地往下漏着雨水。雨水不停地从高处落下来，砸在一只破旧的藤椅上。虾米看到藤椅的下面已经存了一汪水。虾米想，他喝醉了，其他人都到哪里去了？他们是不是都到伙房里去吃饭了？虾米一想到吃饭，胃就有些隐隐地作痛，一股酸水从胃里涌上来。他又看了医生一眼，医生还在那里哭泣。他想，医生真是很伤心，还是让老钱来劝劝他吧。虾米这样想着，又重新戴上垂在脑后的雨帽，走进雨水里去。在雨水里，酒气消失了，可是他又隐隐地闻到了一股蒜白菜的气味。虾米想，这是月红的拿手好菜。月红说，伸碗，老金就把饭碗伸了过去。虾米想，今天她的气蛋又掉下来了。月红说，伸碗！可是虾米却把他的碗背到身后去，一想到她把手伸到裆里去他就感到恶心。月红说，怎么，不吃呀？虾米说，我就要俩馍。月红把眼一瞪说，咋，你不吃菜？做这么多剩下怎么办？伸碗！虾米无奈地把碗伸过去，月红从大红盆里舀一勺子菜，吧唧一下就扣在他的瓦碗里。菜汤子溅了虾米一脸，虾米看了她一眼说，你慢点不中吗？

月红说，咋，老娘见天侍候着你还嫌不舒坦？

虾米说，你骂谁？你是谁老娘？

月红说，你巴不得我是你老娘呢，我要是你老娘，你也不会坐在一个大水缸里从河里漂过来了。她这样一说，众人都哈哈地笑起来。老德对着月红说，你怎么把他弄成这个样子？月红说，夜里一下子没弄好，结果就做坏了。众人又哄的一下笑起来。虾米手中的碗落在地上，啪的一下子摔碎了，他咬牙切齿地说，我日……

虾米还没有骂完，月红就把勺子扔在了菜盆里，她哧啦一下拉开了自己的褂子，露出了两个又肥又黑的奶子，两个奶头像两粒黑枣一样安在上面。她接着就去解裤腰带，她一边解一边说，你日，我叫你日，你今个不日你就是妮子养的！虾米哪里还敢去日，他像一条落水狗，在众人的哄笑声中夹着尾巴逃走了。月红把手从腰间拿开，呵呵地笑着说，也不撒尿照照你那熊样，你日，我叫你日，老娘还能怕你日！月红跟她男人一嘟噜日出了七个孩子，她把自己都累成了大气蛋了，她还能怕你日？何况王院长还喊她二姨？院长的二姨还能怕你个白毛人精？月红说，伸碗。虾米就乖乖地把碗伸过去。吧唧一下，一勺菜就扣进了虾米的碗里，菜汤子仍旧溅到他的脸上，他红色的皮肤上就多了几个酱色的斑点，虾米伸了伸脖子就把嘴里的吐沫咽进肚里去了。

虾米，月红站在伙房里可着喉咙朝后面的库房里喊叫，过来帮你老娘择葱。虾米就拄着拐杖从库房里出来，穿过院子朝伙房里走，他知道那些老不死的都在门口站着看他，他感到那些目光都在嘲笑他。来福说，虾米，是不是你娘的气蛋又累出来了？虾米说，你娘的气蛋累出来了。医生说，什么气蛋？那是子宫你知道不知道？那是她的子宫从裤裆里掉下来了。来福又说，那她喊你干啥去了？虾米说，你没有听到她喊我去择葱吗？来福说，择葱？怕是择毛吧。说完他们就呵呵地笑起来。虾米感到自己的脸像火一样烫，在众人的目光下，他像一只老鼠灰溜溜地拄着拐杖一瘸一瘸地钻回库房里去了。

月红说，虾米，是不是他们又欺负你了？虾米坐在那里只顾择菜，一句话也不说。月红说，说，是谁欺负你了？对我说。月红比虾米整整小九岁，她却用哄孩子的口气对他说话。她说，虾米，你就不会过来帮我一把吗？老娘都快累死了。虾米看到月红正站在案板面前解腰带，就知道她把气蛋又给累出来了。月红说，闭上你的狗眼。虾米知道月红不能掏大劲，一掏大劲那东西就会从裆里掉下来。月红说，看啥看，没见过肚皮呀？月红又说，看吧，看也不怕，你个老童子。说完她自己笑起来，她来到虾米的身边，一伸手就把一块牛肉塞到虾米的嘴里，说，吃吧，就在这儿吃，别让他们看见了。虾米的嘴里就有一股子臊尿气，她摸罢气蛋没有洗手就摸块牛肉塞进他嘴里去了。虾米感到那股臊尿气有一种亲切感，他就服月红这一点，她是刀子嘴豆腐心。有些时候，虾米感觉到月红的目光就像阳光，抚在他的身上有一种暖融融的感觉，可是她说话的声音却像旱天的风吹动树梢的声音，只要你一听到那种声音，你的嘴唇就会感到干裂，你就会不由得伸出舌头舔一下自己的嘴唇，有一种渴望从她的声音里滋生出来。虾米停住脚，他抬起头，雨水落在他的脸上，他感觉到雨水明显地小下来了。现在那种蒜白菜的气息更加浓烈了，虾米在伙房的门口停顿了一下，然后才走进伙房。

虾米看到来福他们正散坐在几张桌子边在灯光下吃饭。那些人听到门口的声音都停下手中的筷子，抬起头来看着虾米站在门口脱雨衣。

谁呀？

虾米朝问话的瞎子看了一眼，他没有说话，只是用拐杖捣了捣地。瞎子说，噢，是虾米呀，我还以为你跟老金一块儿掉进河里去了呢。

虾米说，老金有信儿吗？

来福说，有。

虾米说，他没事儿吧？

来福说，没事儿，现在怕是都到正阳关了。

虾米说，哎呀，都冲了几百地，还会没事儿？

人们一听他这样说，都呵呵地笑起来。来福朝虾米骂了一句，傻×！虾米知道这些人又在逗他，他们仿佛对老金的事儿一点儿也不关心，他们至今也不知道老金的死活。虾米不敢看他们，就赶紧把目光移到打饭的木案子上去。木案子上放着一节蒸馍的笼，两个红色的瓦盆，虾米唯独没有看到站在案子后面的月红。虾米想，她干啥去了？平常吃饭的时候她都是在案子的后面站着给人打菜，她今天干啥去了？走到案子边，他看到菜盆里只剩下一只勺子，一点菜都没有了，另一只红盆里的稀饭也被人盛光了。虾米回过头来朝人们看了一眼说，人哩？

来福放下筷子站了起来，他说，你问谁呀？你看我们哪一个不是人？

虾米说，打饭的人。

来福说，噢，你说的是她吗？她的气蛋又掉下来了，可能是去找医生了。来福还没说完，瞎子就笑了起来。来福很是得意，他移开自己身边的板凳，往门口走去，他一边走一边放屁，他走一步放一个，一直到他消失在门外的雨水里，他的屁才停了下来。瞎子伸手摸住他的拐杖笑着说，这个龟孙，可以到镇上去开家炮铺了。虾米站在那里，酸水又从他的胃里涌上来，他回过身来，伸手从笼里抓了俩馍，来到吃饭的桌子边。他看到来福的碗里还残留着一些没有吃完的蒜白菜，虾米说，吃不完还盛恁些。他说着就在来福刚才的位置上坐下来，伸手把来福的菜碗端到自己的面前，他看了众人一眼说，不知道还有人没有吃饭吗？虾米一边说一边拿起来福的筷子吃起来。来福这时又从外边回到屋里，他看到虾米正在吃他的菜，就叫道，虾米，滚，谁让你吃我的菜？

虾米嘴里一边嚼着一边说，你吃不完还盛恁些？

来福说，放屁，你咋知道我吃不完？说着他就把菜碗从虾米的手里夺了过来，虾米在他把碗夺走之前还是狠狠地夹了一筷子菜，放进嘴里嚼着。来福这下生气了，他把菜碗放在桌子上，过来用左手一把拧住了虾米的嘴，又用右手往他嘴里抠，他一边抠一边恶狠狠地说，我叫你吃！我叫你吃！那些人都围上来，一齐为来福叫好。瞎子说，抠，给他抠出来！

虾米吃到嘴里的菜都被来福给抠了出来，可是来福还不算完，他一边用手指在虾米的嘴里胡乱地抠着一边说，吃，我今天让你吃个够，我非把你平常比我们多吃的牛肉羊肉猪肉鸡肉鱼肉给你抠出来不可！虾米那个时候坐在板凳上，他的身子被来福弄得倾斜着，他感觉到来福的手指像一根棍在他的嘴里捣来捣去，那根棍捣得他的嘴生疼，他喔喔噜噜地说着什么，最后实在受不住了，一用力，就咬住了来福的手指头。来福疼得号叫起来，来福抬起左手朝虾米的头上就是一家伙。虾米丢掉了来福的手指，身子像一袋粮食咚的一下摔在地上。来福捂着手指在地上疼得转了两个圈，然后又朝虾米的屁股上狠狠地踢了两脚，他一边踢一边骂，狗，咬人的狗！

这时突然有一个青年人从外边闯了进来，他喘息着朝人们说，快，老金……

来福停住了，他看着那个青年人说，老金怎么了？

青年人说，老金捞上来了。

来福说，在哪儿？

青年人说，在大门那儿。

众人都朝外走去，他们把虾米一个人丢在了伙房里。虾米躺在湿漉漉的地上，听着他们的脚步声消失在雨水里，挣扎着坐起来，他两眼含着泪水，他看到有一个蒸馍就掉在离他不远的地方，他伸手把那个蒸馍拾起来，狠狠地咬了一口，他感觉到有一粒煤渣也被他吃进嘴里去了，他一边往外吐着一边骂道，死吧，死光才好哩！

虾米从地上爬起来，找到自己的拐杖，他重新穿上雨衣，然后走出伙房，来到院子里。雨仍旧下着，他站在伙房的门口，突然听到有杂乱的脚步声从东边的通道上传过来。虾米掀起头上的雨帽，他看到有一群人晃着手电灯抬着一个人往后院走。虾米想，是老金，那个人一定是老金。

梦　境

天好像是在片刻之间就黑下来了，那些晃动的灯光和人都消失在那排房子的后面了。由于雨水的缘故，虾米听不到他们的脚步声了。他们都到库房里去了。虾米一边这样想着一边沿着那排瓦房前的青砖小路往通道那儿走。许多年来，他不知道在这条自己亲手铺成的小路上走过多少回，他熟悉这里的一切，包括曾经在这里生活过的每一个人。许多往事在不同的地点和时间都会很清晰地呈现在他的眼前，由于那些陈年旧事就像刚刚发生过的一样，因而使得刚刚发生的事倒有些面目不清。虾米走到娱乐室门口的时候，他听到屋里有个女人在唱歌。他熟悉那种夹杂着某种乐器的声音，那声音使他再次想起医生。他想，或许这个时候医生能帮老金做点什么。虾米拄着拐杖走进了娱乐室，可是屋里没有人，只有那台电视机还在灰暗的屋子里一闪一闪地开着。医生呢？医生不知道什么时候离去了，在屋里，他还能闻到一些酒气，可是医生醉酒的事好像离他已经十分遥远了。虾米站在那里，他感到有些劳累，就在医生曾经坐过的沙发椅上坐了下来，在黑暗里，他看着那个红嘴唇的女人在离他不远的地方扭来扭去。他想，医生到哪里去了？医生可能已经到库房去看老金了。虾米坐在那里，荧屏上的光把他的脸映照得花花搭搭的，他在那个女人的歌声里慢慢地睡着了。

虾米醒来的时候，他听到了老钱用锤敲打白铁皮的声音。虾米看了一眼正在电视里开枪的外国人，就用拐杖支撑着身子来到了院子里。黑夜里，老钱的锤子击打铁砧的声音更加清晰，那些锤子声仿佛被雨水洗过一样。医生说，老钱，你真有本事呀，你一只胳膊还要砸白铁，做水桶，你两只手要是都好好的你能干什么？

老钱停下手中的铁锤，朝医生瞟了一眼说，我要是两只手都好好的，就去拿手术刀，把别人的子宫割下来。医生听老钱找他的短处，就不再言语，他一声不吭地走开了。有一天老钱牙疼，他捂着嘴找到了医生。医生说，你不怕我把你的好牙也拔下来？老钱疼得打圈转，他说，你能给我一般见识吗，说句笑话你就记在心上？医生不再说什么，他给老钱打了麻针，他真的先把老钱的一颗好牙给拔了下来，他用镊子夹着那颗好牙在老钱的面前晃了晃说，还痛吗？老钱说，不疼了不疼了。到后来老钱才知道医生真的把他的一只好牙也给拔了下来，气得他抱着锤子敲打了半夜铁砧子。他一边把铁砧子砸得叮当作响一边咒骂着医生，弄得全院的人都睡不着觉。老钱常常用那只铁锤来显示他的力量，用铁锤来发泄他对别人的仇恨和他自己的痛苦。

现在虾米站在老钱的窗前，他看着老钱被灯光映在窗子上的身影在雨水里晃来晃去，却不知道是什么事情使老钱这么痛苦。难道是为老金吗？虾米这个时候突然又想到老金，他想，我应该回去看看老金。虾米在雨水里沿着那条通道往后面的库房里走去。在黑夜里，雨水击打房顶和树木的声音同老钱的锤子声一样清晰，那些雨水把从杨树上落下来的哗哗的虫屎声吞食了。在虾米的感觉里，这场雨已经下了很长时间了，仿佛有一百年这么长。他感觉到这里到处都是雨水，连他的肺腑也被雨水泡胀了，更不用说那个房顶上到处都是窟窿的库房了。

虾米回到库房的时候，他看到库房里亮着灯。老金独自一人躺在库房中央的空地上，不知是谁还在他的身上盖了一条床单。虾米认出来那条床单是从老金的床上掀下来的。人都到哪里去了？那群送老金的人不知道是什么时候离开的。虾米站在库房的门口，脱掉身上的雨衣，然后朝躺在地上的老金叫了一声，老金。可是他没有听到老金回答他。虾米小心翼翼地放下雨衣，他唯恐惊醒了老金。他慢慢地来到库房的中央，在老金的身边蹲了下来，他又轻轻地叫了一声，老金。躺在地上的老金仍旧没有回答他。这时有一阵风从库房的大门里吹过来，掀掉了盖在老金身上的床单，突然出现的老金吓了他一跳。老金浑身都被水泡胀了，头上的五官都给泡胀的肌肉淤平了。一天不见，老金的身上就发生了很大的变化。虾米借着头顶上的灯光看到老金的脸上和手上还挂着一些没有取掉的渔钩，连在渔钩上的丝线不知被谁剪去了一些，余下的还都挂在他的脸上和手上，仿佛老金的肌肉都会吐丝似的。虾米想，这些渔钩是谁给他挂上去的？虾米突然想起了一些曾经在河道里经历过的往事。老金肯定是在掉进河里以后，就被他的渔钩挂住了，他像一条鱼一样被自己的渔钩给挂住了。来福居然说老金已经到了正阳关了，放屁，老金哪里也没有去，他就在靠近光荣院的河道里。虾米知道，老金舍不得离开这个地方。

这时虾米听到雨水里有脚步声沿着通道朝库房走过来，那个脚步声最后来到库房里消失了。虾米抬起头来，他看到了院长。王院长站在库房的门口，他的手里垂着一把雨伞，从伞上淌下去的雨水在灯光的映照下像一条白线晃来晃去。院长迟疑了一下，还是把手中的伞靠在库门上。院长来到了虾米的身边，他朝躺在地上的老金看了一眼，对虾米说，你坐在这儿干什么？

虾米说，老金死了。

我知道。院长说完朝空荡的库房里看了一眼，然后他朝放在墙角里的那副棺材走过去。虾米看着院长走到棺材前停下了，院长伸手拍了拍棺材，回头看着虾米说，你见天还躺到这里睡觉吗？

虾米说，我不躺到那里睡不着。

院长说，这下怕你睡不成了。院长说完把手从棺材上拿开，双手拍了一下，他好像要拍掉手上的灰尘，他一边往回走一边对虾米说，这老金真是好福气，死了还能用上这么好的棺材。院长说完又回头往棺材那儿看了一眼。

虾米说，还得做棺材呀。

院长看着虾米说，还做棺材，你不是做梦吧？你知道现在镇里的财政有多紧张吗？院长好像是自言自语，他说，没钱做棺材了。

虾米说，那剩下的人怎么办？

院长说，怎么办？火葬。

院长的话使虾米感到吃惊，他有些痴呆地望着院长。院长看着虾米说，火葬不好吗？多少大人物都给烧掉了。院长说着弯腰把床单拾起来，重新给老金盖上，然后他拍了拍虾米的头说，睡吧，该睡了，时候不早了。虾米坐在那里看着院长走到门边，拿起他的雨伞。院长一边撑开雨伞一边又回过头来对虾米说，睡吧。院长说完就走进了黑夜里，虾米听到了雨水击打院长雨伞的声音。虾米想，要火葬了。虾米站起身来，他几乎是摇晃着身子回到床边的。他想，要火葬了，我死后也要火葬了。医生说，把人放进一个火炉里，一推电闸，人就被烧着了，那个人好像要起来一样，他的身子猛的一下坐了起来，然后又慢慢地躺下去。老金说，放屁，那火炉的门关着，你咋会看得见？老金说完又在那个被盐水浸泡过的木头上坐下来，哧——哧——地磨他的渔钩。虾米躺在床上，可是他怎么也睡不着，总觉得他的身边缺少一样什么东西。是啥东西呢？虾米无论如何也想不起来。虾米坐起来，他望着空荡荡的库房，他想在库房里找到那种东西。在灯光里，虾米再次看到躺在中央的老金，看到了一挂又一挂的渔钩。他想，是什么东西呢？他隐隐约约地听到了一种声音，那声音仿佛雨季里的雨连绵不断地敲打着秋天里的树叶，树叶一片接一片地从空中飘落下来砸在他的头上。他感觉到的一切都是那样凄凉，那样孤独，茫茫的荒野上只有他一个人在踽踽独行，风吹打着他那与众不同的皮肤，吹打着他那与众不同的头发，吹打着他白色的眉毛。那是一种声音，一种什么样的声音呢？噢——虾米突然明白过来，那是老金磨渔钩的声音。是老金磨钩的声音！他突然感到那种曾经使他痛苦不堪的声音现在对他是多么的重要，可是老金死了，再也没有人来弄出那种能使他感到痛苦的声音了，他已经习惯那种声音了，他已经适应那种声音了，那种声音的突然消失使他失去了依靠，好像有人猛的一下抽去了他的筋骨，他显得没有了一点力气，他就像一个吸毒的人毒瘾突然发作，他嘴里淌着口水，就要瘫软下去。那声音就像从天上落下来的雨打湿了他的衣服，衣服像皮肤一样紧紧地裹在他的身上，使他颤抖不止，他在恍惚之中看到老金的身影坐在那里一下一下地磨着渔钩。

虾米支撑着身子来到老金的身边，在那个被盐水浸泡过的黑色的木头上坐了下来，他伸手拉过那个放着渔钩的小红盆，从里面拿起一个渔钩，放在磨刀石上轻轻地磨起来。哧——哧——他又听到了那种声音，那种哧哧的声音使他哆嗦起来，那种声音越来越强大，那种声音铺天盖地而来，像雷声一样四处轰鸣，那些声音变成了无数的明晃晃的针从空中朝他飞刺过来，刺着他的头，他的头疼痛欲裂。虾米丢掉那只渔钩，用手捂着自己的头，可是他怎么也消除不了那疼痛。他想，我就要死了，我就要被送去火葬了。虾米转身看着那口棺材，他想，老金就要用去这口棺材了，我再头痛的时候用啥来治呢？虾米想，在这世上，只有那口棺材才能治好我的头痛，可是老金就要用掉这口棺材。他想，这不行，我不能让他用掉这口棺材，还是我先躺进去吧，我先躺进去他们就没办法了。可是明天咋办？明天我一醒来他们还是会帮老金用去这口棺材。虾米苦苦地想着怎样才能保住能治自己头痛病的这口棺材。他想，看来我只有先躺进这口棺材里，然后再像老金一样死掉才能保住这口棺材。他想，看来现在只有这样了。

这时他又听到了磨渔钩的声音，那声音使他刚刚好一些的头疼又重起来。虾米回过头来，他看到有风从库房的大门里吹进来，那些挂着的渔钩在风中发出当当的声响。虾米想，就是这些渔钩！让我先吃掉它们吧！虾米这样想着，就来到那个红色的小瓦盆边，他伸手从盆里拿起一只渔钩，他在灯光里看了一下，然后放进嘴里。他的舌头尝到了一股铁腥的气息。他恶狠狠地想，我吃掉你们！虾米蹲在那里，一只接一只地把渔钩吃进肚里去，最后他感到肚子里有些难受，才停下来。他站起来，他朝地上的老金看了一眼，他想，老金，无论如何，这回你也抢不走这口能帮我治病的棺材了。

虾米这样想着，他拄着拐杖来到那口棺材前，他借助一只凳子爬进棺材里。一躺到棺材里，那种使他头痛的声音就消失了，他的头痛也跟着慢慢地减退了。

墓 地

那群被院长从镇里请来的人，在库房后面的墓地里和院长在钱的问题上发生了分歧。领头的中年人说，那不行，二百不行，你昨天说的是一个人，可是今天又多了一个人，二百不行。

院长说，那就三百吧。

中年人说，四百。

院长说，你知道，院里的经费很紧张。

中年人说，这样吧，你再给我们加五十，三百五。

院长叹口气说，唉，三百五就三百五吧。

中年人又说，这两个人就一口棺材咋埋？

院长说，就把他们装在一起吧。

这时独臂老钱说，放屁！虾米咋能和老金装到一口棺材里去？

院长说，那你说怎么办？

老钱说，当然是老金用棺材。

院长说，那虾米呢？

老钱想了想说，就用外边那口瓷缸吧。

院长好像突然醒悟过来，他说，对。听说多年以前，他就是坐在这口瓷缸里来到颍河镇的，那个时候他的头发和眉毛就是白的。

在解决了这两个问题之后，那些从镇上请来的人就开始挖墓穴。他们先把棺材埋进了地里，可是等他们给虾米挖墓穴的时候，天又突然下起雨来。装殓虾米的那口瓷缸刚一放进去，雨水就把墓穴给淹没了。院长叹口气说，唉，这个虾米就是水命，埋吧。众人就一齐动手用稀泥把虾米给埋了。

雨水越下越大，把送葬人的衣服都打湿了。

中年人对院长嘟囔着，干这活儿，三百五不值。

院长没有说话，他抬头看了看天，天阴得很重。院长自言自语地说，这天，还当个事地下。在院长的感觉里，这场没头没尾的雨仿佛已经下了许多日子了。

雨中的墓园

我们来这里为的是治疗
脓包中心的平静
我们来自厨房里凶猛、突发的争吵
那里思想像面包一样
分解在水里
——沃尔科特《克罗索之岛》

后来，我认识了晓霞。在一个春天的黄昏里，我向她讲述了这次苦涩的旅行。

起因是什么呢？晓霞说。

你提这个问题很突然。我看了晓霞一眼，那个时候她正坐在我的斜对面，浓重如酒一样的昏黄从窗子里涌进来，这样我只看到了她的剪影。晓霞属于那种丰满而且性感的女性。她说她最大的优点就是好玩，好搞个恶作剧，她说这是她生活的一部分。比如，用一些小手段把公司里的一对对男女都搞得含情脉脉。我真感到可笑，晓霞说。

你总是站在高处去俯视他们，是吧？

晓霞没有回答我，她只是用一只手托着下颏静静地看着我，从窗子里拥进来的光线使我只能看清她从眉骨到嘴唇之间的一段优美的曲线，其余的半个脸全都蒙上了一层神秘的灰色，在那里没有了像她那种年龄的少妇所拥有的红润色彩，但我知道她的皮肤非常光滑，到目前为止我还不能找出一个恰当的词语来形容在我拥有她时的感觉。我说，这事儿我还没有认真想过。

晓霞说，总得有个大体的时间吧？

初秋。我想了一下又肯定地说，是初秋，一个细雨霏霏的天气里。

是早晨还是上午？

我想了一下说，是早晨。说完我又补充了一句，应该是早晨。因为那天我醒来时客厅里还亮着灯，他们几个狗男女还在呼呼啦啦地洗着麻将，屋里充满了污秽的空气，他们打了一夜的麻将，吸烟，放屁，呼出许多二氧化碳，空气还有不污秽的？

那时我很烦躁，耳朵里有一种穿火的感觉，头皮一紧一紧的，我知道我的老毛病又犯了，每当我忍受不了的时候都是这样，我强忍着不让自己发脾气。你知道头天晚上十点钟我才从外地出差回来，出了车站，我就想象着她等我回家等得焦急的样子，你想我一出去就是半个月，时间也够长了，在回家的路上我就想拥有她。可回到家里等待我的却是一片狼藉，她把两个男人一个女人领回家来吃饭，吃完饭就把餐具堆在水池里开始打麻将。他们看我回来都黑着脸盯着我，她用眼翻我一下对他们说，来，打牌！她说话都有一股子酒气。我说，你喝酒了？她说，我喝了，咋啦？你知道那会儿我真想冲过去抓住她的头发狠狠地揍她一顿，可是我没敢，因为坐在她身边的那个女的是她的表妹，那两个男的一个是我小舅子一个是她表妹的丈夫，我不是她们的对手。你知道那个时候我坐了一天车，感到很累，我倒在床上不一会儿就进入了梦乡。谁知我一觉醒来他们还在打，我真是忍受不了了，这哪还像个家？我攥紧拳头走到客厅里，在日光灯下，我看到憔悴和疲倦都溶解在他们脸上。我说，还打吗？她回头看我一眼什么也没说又继续去洗牌。我说，你还打吗？她噌的一下站起来，把手里的两张牌“啪”地拍在桌子上，她的嘴唇动了一下就有一口浓痰吐到了我脸上，她恶狠狠地说，你不领着那个婊子在外边逛足逛够你回来干啥？

你想想看，我和单位的女性一块出差她就怀疑，这哪是人过的日子？我上去抽了她一个耳光，一脚就把牌桌蹬翻了，我喊叫着，我叫你打，我日你那浪娘我叫你打！

起初她真被我的气势给吓住了，可是只一瞬间，她就扑过来抓我的脸，嘴里不停地叫骂着，我不得不和她打成一团。那会儿我忘记了危险，你想她几个兄弟妹子会放过我？我知道他们就是来找茬的，他们一拥而上，把我摁倒在地。她在一边喊叫着，打，朝软和地方打，打他的脸，叫他没法出去！于是他们就打我的脸，打我身上软和的地方，我的鼻子里，嘴里都流着血，我真是疼痛难忍。你知道狗急了还跳墙呢，是吧？我就不顾一切地乱踢乱蹬，有一下就踢在我小舅子的裆里，你知道那是男人致命的地方，他号叫一声就蹲在了地上，其他人被那一声尖叫吓住了，我趁机从地上爬起来，拉开门跑到外边去。在下到二楼的时候我险些撞到墙上，我听她在后面喊叫着，别让他走，打死他！我一边跑一边回过头朝她骂道，打吧，打死我好跟你兄弟过！我像个丧家之犬逃出了楼洞，那个时候天刚蒙蒙亮，院子里还没有一个人，我怕他们追上来打我，就赶快跑到街道上。我看到有一辆三轮停在不远的十字路口，脚夫缩成一团正窝在车厢，我就喊，三轮，三轮！

脚夫被我喊醒了，他惺忪的眼睛看着我，我说，快走。还没等他明白过来就被我从车上推了下来，我手脚并用爬上车，还没有坐稳我就对他喊叫着，快走，快走！脚夫说，上哪儿？

我说，往前。那会儿我小舅子他们已经拿着棍子什么的追了出来，我说，快点！那个脚夫一看顿时来了精神，他脚下生风，以最快的速度推着我往前行，等把身后的甩掉来到了一处灰暗的地方，脚夫停下来气喘吁吁地对我说，伙计，咋样，我救了你吧？

我说，谢谢你。

他说，你也别谢我，我是冒着犯法救你的，把你弄来的东西分给我一半好了。

听他这样一说，我愣住了，啥东西？

啥东西？这还让我说吗？

没有啥东西呀？

咦，你还非让我说出那个难听的字吗？

哪个难听的字？

偷！你在偷人家！你要是不分我就把你送到派出所里！

当时我哭笑不得，你还想黑吃黑呀？我对你说，我是给我老婆生气！要不你还把我推回去吧！

脚夫不说话了，他一边收了我的钱一边嘟嘟囔囔地骑着三轮车离开了，初秋的晨风吹扬着他灰色的上衣，路边高大的法国梧桐在他的头顶上哗哗地作响。有个清洁工在远处的街道上劳作，我只听到他扫地的哗哗声，却看不清他的形象，他的形象被灰白的水汽所朦胧。那个时候我突然感到冷，感到有凉凉的水珠打在我脸上，下雨了，细细的小雨，那会儿我并不知道那就是那场漫长的秋雨的开始，我也不知道我即将在秋雨里作一次苦涩的旅行。我像一条丧家犬在空荡荡的大街上游荡，这时从后面开过来一辆车，那辆车的灯光穿过水雾显得非常虚弱，我清晰地听到黑色的橡胶轮胎摩擦路面的声音，接着我听到一个女子的喊叫声，青台青台，青台走了。那辆车开到我身边慢了下来，那个站在车门边的女子朝我说，上青台吗？上来就走。我迟疑了一下还是跳上车，那辆中型的面包车里座无虚席。站在我身后的女子又说，上青台吗？我没有回答她，只是对她点了点头。说实话，那个时候我还是第一次听说有青台这样一个地名，至于青台是个什么样子，在什么方位我一概不知，甚至当时我连青台这个名字都没有记住，我只知道那是一次毫无目的的、丧失了方向的旅行，这使我感到迷茫。但那辆行驶的车使我产生了一种安全的感觉。

怎么不讲了？晓霞说。

我朝晓霞苦笑了一下，实际无论是现在还是后来我和晓霞坐在那间昏暗的屋里时我都被那场霏霏的秋雨所淋湿，所不同的是现实之中是我的肉体，而后来的时光里则是我的思想。在春日的黄昏到来的时候，一切都显得那样的安静，外边的楼道里没有一个人，窗外西天的亮光映衬出高大建筑的灰色身影，这使我感到压抑。这种感觉使我渴望交流，渴望用语言表达这种感觉。我默默地看着她不由得想起几句诗来：

黄昏如酒

如酒的黄昏

灌醉了我的痴情

我的心头不由得涌过一阵热潮，我用手轻轻地抚摸着她富有弹性的大腿。我的手一直滑到她的大腿深处，晓霞把我的手移开说，讲，接着讲，我想听。

好吧，我说，我接着给你讲。

在一个细雨霏霏的秋日的早晨，我离开了家，要到一个名叫青台的地方去。青台是个什么样子在我以往的生活经历里没有丝毫的印象，是一个周围长满了青草的高台子还是住了许多人家的镇子，这我一无所知，我在晃动的客车中想象着青台的样子，霏霏的细雨在行走的车外弥漫了灰黄的秋日旷野，青台是个什么样子呢？我在不停地思索，实际我的思索都是多余的，我没有想到在不久的时间里这辆客车把我带到一个我一无所知的地方，事实将向我展示一切。

那天我乘上了那辆开往青台的中巴车，在那辆车上我看到的全是陌生的旅人，他们中间有男有女，个个表情沉郁，在我上车的时候他们全都用一种异样的目光看着我，尽管当时光线灰暗，但我还是能感觉出他们的目光里有一种异样的东西，我当时说不清那是一种什么东西，那东西就像车外的雨水把我的思想给淋湿了，他们的目光仿佛让我置身于无边无际的雨水里，我孤零零地站在车厢的走道里孤独无援，就像一条被猎人捕获的野狗。我想在他们中间坐下来，可是却找不到一个座位。在我的耳边响着嗡嗡的机器声，余下的就是无边的沉静。我想，要是能有人说一句什么也好呀，这样就可以打破尴尬的局面，可是他们全都不说话，他们坐在那里，好像都是刚刚从墓穴里扒出来似的。我想对他们说一句，可是我不知道他们要到哪里去，我只好哆哆嗦嗦地站在行走的中巴车上，我不敢看他们，只好把目光移到窗外去，窗外灰色的天空笼罩着路边连绵不断的树林，路边的树林被风雨吹打着，就像电视里的动画片一样在不停地移动。这样不知道过了多久，那辆中巴终于在路边上停下了，人们纷纷站起来。这时车门打开了，车门边的人开始下车。我想，他们干什么？下车方便吗？可是不对呀，他们手中还都提着篮子，那就说明他们已经到站了。趁人们不注意我一弯腰就钻到一个座位上去，我想这下我也有座位坐了。我坐在那里却感觉到身后有许多目光在注视着我，我不敢回头看他们，就又把目光移到窗外。我看到那些下车的人在雨水里提着东西一个跟一个穿过公路朝树林里走去。等我回过头来，车厢里已经空无一人，只有司机坐在前面吸烟。我清了清嗓子说，哎，怎么不走了？司机回头看了我一眼说，上哪儿？我说你们不是说上青台吗？司机又看了我一眼说，这不就是青台吗？你不下去还等什么？你没看人家都下去了吗？我恍恍惚惚地站起来一边往下走一边自言自语地说，这么快就到了？

看着四周黑压压的树林我当时站在公路上犹豫不决，同时我也感觉到司机通过玻璃盯着我的目光，他审视的目光使我下定决心穿过公路沿着那条唯一的小路朝对面的树林里走去。

青台的事实和我想象的出入很大，那里既没有高高的台子也没有住户，我尾随着乘客来到一片茂密的松柏树林前。近处的杨树叶上水汪汪地呈现出一种凄荒荒的亮光，我想如果当时我注意的话，小路两边的杨树叶子应该是一种不太干燥的青黄色，叶子的质地也不应该像冬天里我们在路边的冻地上所看到的那种叶子的样子。如果那个时候我注意的话，我面前的空中一定也有落叶，你想那个时候已经是秋日的天气，但是当时我没有注意到。你看我老是用这个词：当时。这个词很容易把我们带回过去的时光，是吧？实际有些时候人就是在回忆过去的时光里度过的，你说是不是？当我的注意力放到那个司机身上的时候，就导致了许多同时在我身边发生的事儿像风一样从我的感觉里飘逝。就同咱们两个坐在这里说话一样，在我们之外肯定还有许多的事儿正在发生，但是那些正在发生的事情对于我们一点也不重要，是不是？世界上任何一个人他都不可能把世界上所发生的事儿全都知晓，不可能，但这里面有一个规律可循，任何事儿都有规律，比如生命，比如爱情，无论你怎样生活，有钱也好没钱也好，有权也好没权也好，坐小轿车也好步行也好，实际上没有太大的差别，只是生活方式不一样。随着时间的推移这一切都是次要的，没有太大的意义。但没有意义本身也是一种意义，这种意义的本身就是生命的延续。实际人都在旅途中，在生命的旅途中。在那个初秋的雨季里，当我在青台遇到了种种出乎意料的事件之后，我深深地懂得了这一点。

那个时候树林里到处都是雨水击打树叶的声音，你现在可以想象一个陌生人走在异乡的小路上的情景，四处灰暗无光，没有一个人，脚下的小路上长满了青苔，一不小心你就会被滑倒。当时我的心都提到了喉咙眼里，我真担心会有一条蛇从路边的草丛里爬出来。

晓霞说，真有蛇吗？

没有。你想，前面刚有一群人走过，有多少蛇还不被吓跑？

晓霞说，前面树林里到底有什么？

我在松柏树林的边缘停下来，由于树叶的缘故，雨水明显地减少了，但我的头顶上却多出了一种沙沙的声音，你应该明白那是雨水击打松柏树叶的声音。其实那声音一开始就存在着，只是最初我没有注意到，那种声音很低弱但非常广大，你就好像置身于一片成熟的桑蚕之中，它们发出的连绵不断的吞食桑叶的沙沙声把我吞没了。我朝树林里观望，起初我以为我只是来到了一片平常的小树林里，但等我的眼睛适应了林子里的光线之后，我才发现那是一片墓地。那片墓地很大，一个坟头又一个坟头，坟与坟之间长着野草。我看到先来到这里的那些陌生人已经分布在坟地里，几乎每一个坟前都有人影在晃动，他们有的已经开始在坟前摆放供品，到那会儿我才明白，原来这些人来这里是上坟的，我当时就不明白，清明已经过去很长时间了，这些人为什么这个时候来上坟呢？我很想问个清楚，就朝一个老人走去。从后面看上去那个老人的背驼得非常厉害，因而我没有看清他的面容。我立在他的身后，看着他燃起的火纸在潮湿的空气里挣扎，我说，老先生，来看谁呀？

那个老人一动没动，好像没有听到我的问话，他像一个周身长满了黑色麻斑的蜗牛蹲在那里。

我又说，老先生，来看谁呀？

老人仍旧没有动，他艰难地抬起头看着眼前的碑文，我在淡弱的火光中看到了那个潮湿的青石碑上刻着一行字：

一九六六年九月七日

我又说，老先生，你来看谁呀？

老人依然石雕一样蹲在那里，于是我判定他是一个聋子，这很使我失望。我又沿着人们刚刚踡出的小路来到另一个祭奠者的身边，这是一个中年妇女，由于她面前火纸的火光已经淡弱，我看到她的脸被映照成灰红色。我说，你来看谁呀？

她抬起一张木然的脸看着我，她没有说话，只是用手指了指她面前的墓碑。墓碑上的许多文字已经被发黄的青苔涂抹得一塌糊涂，我只看清了靠左则的一段文字：

一九六六年九月七日

现在我告诉你，那天在许多墓碑上我都看到了这样的文字：

一九六六年九月七日

这段文字对于那群前来祭奠的人们一定显示出一种特殊的意义，这一点已经不可否定。但这个具体的时间标数却使我感到迷茫，这个时间对我有什么意义？那个时候我在干什么？也就是说在一九六六年九月七日这一天里在这个地方发生了一件很重要的事情，而我对此却一无所知，你也一样是不是？后来在我穿过那片松柏树林来到一条河边的时候，突然想起这个时间标数我非常的熟悉，只是当时我怎么也想不起来它对我有什么意义，或许是那条突然出现在我面前的大堤分散了我的注意力。那条突然出现的大堤确实让我激动，本来我是应该最先就看到那条大堤的，可是由于松柏树林和阴雨的缘故直到我来到它的身边时才看清它。实际那个松柏树林与大堤紧紧相连，我几乎是弯着腰小跑着冲到大堤上去。当空旷的充满水雾的河道出现在我面前的时候，我一下子惊呆了。这条河的清秀与神秘气息一下子镇住了我，她使我突然想起了一九六六年九月七日这个时间标数与我的关系，那是我的生日。在许多表格中我不止一次地书写这个数字：

一九六六年九月七日

一九六六年九月七日在我刚刚出生的时候在这条清秀而神秘的河道旁一下子死去了很多人，这真是一种巧合。实际在这一天出生的人肯定不止我自己，在这一天死去的人也远远不止埋在这里的这些，但为什么偏偏让我遇上？你说这是不是一种让人难以置信的巧合？

是巧合。晓霞说，但我相信这是真的。

一些事有时候你还真是说不清，现在我突然认识到有些事情就是巧合。比如我和你，在我们没有认识以前的二十多年里，我们各自地生活，甚至不知道世界上有你或者我这样一个人存在，可是现在你对于我和我对于你都是这样的重要，是吧？

晓霞笑了笑，露出她那对好看的小虎牙，尽管是在昏暗的光线里那对好看小虎牙也是雪一样白。那对雪白的小虎牙使我周身涌过一潮热浪，我捉住她的手，立起身，一用力就把她拉到我的怀里，紧紧地拥抱她。我颤抖的手轻轻地滑过她的后背，抚摩她瓷细的脖子和光滑的头发，而后用力挤压她丰满的乳房。她的一切都是丰满的，在我们相处的许多日子里，我很幸福地欣赏过她的裸体，那简直是一幅了不起的杰作，不，不是简直，就是！她也把自己的身子当作一件艺术品来珍惜，在我们相处的时候，几乎每次都是她动手来脱掉自己的衣服，她说，转过身去，别看。

那个时候我的心就狂跳不止。每当我转过身去就会看到一团浑白的光，那是她亭亭玉立的肌体。她的右胳膊抬上去弯在颈后，左手则自然地滑到大腿的外侧，她的头微微地后倾，她的腰微微地弯曲。呀，我的天！我真是没办法对你说清我看到她裸体时的感觉，每次都是这样，当我拥有她时，她湿润而渴望的声音就像海浪一样地在我的耳边涌起，哥哥，哥哥，我的亲哥哥……

当我们一块儿躺在床上的时候，一切都显得那样的安静。我把她圈在我的胳膊里，不知道什么时候月光穿过窗子走过来照在她脸上，她的脸仿佛一潭温柔的水。她用手抚摸我的脸，最后那手在我的嘴边停住了，她说，还讲，讲那条清秀而神秘的河，讲那片阴森的松柏树林和那些坟墓。说实话，刚才我真有些害怕。

现在呢?

现在我在你的怀抱里。

害怕就不讲了吧?

不！晓霞说，我要听。

我说，那好吧。

一直到现在我也不知道那条河叫什么名字，从哪里流来，又流向哪里。在后来的许多日子里我都企图弄清这些简单的问题，我查过地图，随后又骑车不停地去寻找，可是在我见到的河流中没有一条是我要寻找的，这真是没办法。于是我只有在不断的回忆里去追忆在潇潇秋雨之中呈现在我面前的那条河流。

那条河流最初给我的印象是空旷，对岸灰色的树林在蒙蒙的细雨里是那样的遥远，灰色的厂房是那样的陈旧。连绵的河坡呈一种褐黄色。接着我看到了河水。实际那些奔流的混浊的河水最初也出现在我的视线里，但我不可能一下子把一齐出现在我面前的东西同时都牢牢地记住，这里得有个先后，有个程序。比如我先注意到了对岸灰色的树林，就得而后注意河水的颜色。比如我先看到河水是黄色的，就得而后看到对岸灰色的树林。这是一般的规律。实际那天还有三种物体也同时走进了我的视线里，但后来我还是把它们分成先后，这是没有办法的事，但这三种物体对我那次苦涩的旅行都非常重要。

哪三种物体?

我吻了她一下说，这三种物体是:

扳网。

渠首。

活动的白房子。

下面我分别给你们讲一讲这三种物体。

扳　网

说句实话，在这之前我没有见过这种扳网，这种捕鱼的工具和我在故乡的河道里所见到的捕鱼工具有着很大的差别。在我童年的乡村经验里，在我们河道里劳作的渔夫都是赤臂袒胸，哪怕在已经接近寒冷的初冬，那些渔夫也是赤着双脚，一手提着渔网在河道里行走，每走一小段距离他就会停下来抖着手中的渔网，而后拉开架式把渔网扇面一样抡到河面上，一阵网坠击打水面的声响过后那网就消失在水里，渔夫顿一顿系在手腕上的网绳，就开始拉网了，那副被他撒出去的网又慢慢地被他收回来，就有白色的鲢鱼在网里跳动，我们一群小孩子很兴奋，而渔夫却无动于衷，他只是把网里的鱼捏起来丢到挂在屁股上的鱼篓里，而后又往前走，把一些小鱼小虾遗弃在河岸上。而扳网这种捕鱼的方法是固定不动的。扳网的网面呈六角形，这里的网角不是我们通常见到过的五角星六角星，或者在数学课上见到的那种很分明的角，而是用三根宽厚的竹板固定而成的。那三根竹板很长，成弧形，它们在中间交织在一起，形成很均匀的六根翅，网面的六个角就牢系在那六根翅上，这样网面就形成了。扳网和网面被一根木桅子吊起来，木桅子中间是一个用三根木棍架起来的支点，木桅子的另一端上绑着一块暗红色的石头。现在你该明白那扳网是个什么样子了吧？

听你这样说，扳网很像一根盘子秤。

是的，像一根盘子秤。当扳网落进水里去的时候那块石头就会随着桅杆升到空中去，当起网的时候你就得用力拉动桅杆后面的绳子。但那个初秋细雨的天气里，我站在河岸上还不知道那是扳鱼用的网，那个时候我只看到一个架子立在河水里，显得很孤独。之后我在岸边看到了一座用白色的塑料布搭成的棚子。这个时候我看到一个身穿雨衣的人走出棚子，沿着用砖块铺成的小路朝河边去。我站在雨水里望着那个人拉动桅杆后端的绳子，之后我就看到有一架网慢慢地露出水面，当网完全出现在水面上的时候有几条半尺长的鱼在拼命地跳跃，这引起了我极大的兴趣，我暂时忘记了烦恼，沿着小路朝河道里走去。

由于长年的践踏，被雨水渗透的路面上仿佛涂了一层润滑油，我小心翼翼地沿着小路边发黄的草坡走。由于河岸的坡度很陡，我行走的身子几乎弯成一个几字，我抓着坡面上一些较大的野生植物的枝条，用来分散我身体的重量，尽管这样，在我快下到坡底的时候还是滑倒了，我惊叫着一直滚落到河底，在一片纷乱的泥泞里停住了。

当时我的样子一定很狼狈，我一身泥水地坐在泥泞里，我抬起头时看到那个身穿雨衣的人立在我的身旁，使我意外的是从那件雨衣里露出来的却是一张女人的脸，由于雨水的缘故，我分不清她是个姑娘还是个少妇，但她当时也一定被我的突然出现吓了一跳，她手里拿着一个长把鱼舀站在那里愣愣地看着我。我对她苦笑了一下，挣扎着想站起来，可是我站了两次都没能达到目的。

起初她有些犹豫，但她看到我的样子还是丢掉手中的鱼舀走过来，她说，摔着了吧？

我说没有。可我却站不起来，我感到我的膝异常疼痛。她走过来拉住我的胳膊说，来，我帮你一把。女人的脸离我很近，我从她那里闻到了一股腥气，这给了我很深的印象，现在我还能感觉到那腥气从窗外的空气里飘过来，这使我仿佛又一次看到了她的脸。可能是由于风吹日晒的原因，那个女人的皮肤非常粗糙，但她的手非常有力量，我在她的帮助下来到了塑料棚里。棚子里有一架兜床，此外还有一些简单的生活用具。那个女人说，先把湿衣服脱下来吧，不然会冻着的。

说完她走出棚子，一直走到河边，她面河而立，一动不动。河风掀动着她雨衣的衣角，发出湿漉漉的声响。她说，躺到被子里去。她说话的时候没有转身，仍是面对河面。她说完走到扳网前，用力拉起扳网。我脱掉被雨水淋湿的衣服躺到潮湿的被子里去，目光穿过在空中滑落的雨水看着她把渔网扳出水面，虽然这次网里只有一条小鱼在跳跃，但这次却有十多只蚂虾。女人把鱼和蚂虾舀进一个红色的塑料桶里，然后提着水桶回到棚子里，这次她脱去了雨衣，她把我的湿衣服拿到河边洗去泥巴，又拎起来拧净水搭到棚子中间的绳子上，衣服从空中垂下来几乎碰到了我的脸。那女人看我一眼说，只有这样了。说完她就在我的身边坐下来，身下的竹凳被压得吱吱地响。她伸手抓过那只红色的塑料桶，把鱼扔进床下竹篮里，然后抓起一只蚂虾，她用手指掐去蚂虾的头和尾巴，那只被掐去头和尾巴的蚂虾在挣扎之中被她送进嘴里，而后她又拿起第二只。这个时候她仿佛突然想起了我，她看我一眼说，你吃吗？

这样的场景和她异常的动作使我如同走进一个梦境，我痴呆地看着她。那个时候我冻得发抖的身子刚刚得到了一些温暖，我双手紧紧地抓着被子看着那个女人吃蚂虾，她很夸张的咀嚼声如风一样在我的耳边响起，那股腥潮的风已经彻底地贯穿了我的肺腑，使我再也感觉不到那浓重的腥气了。但当时我还没有意识到这一点，没有，一点也没有，我只是呆呆地看着那个女人吃蚂虾，她吃完之后看我一眼说，你是来烧纸的？

烧纸？

你一定是来烧纸的。去年这个时候你就来了，我见过你，你忘了？我对你说，你忘了我可没忘。那一天也是这样，下着雨，你打一把黑色的雨伞，蹲在我身后看着我扳鱼，你一直看着我，却不肯和我说一句话，天黑的时候你买了几条鱼，给了我十块钱，可我没有零钱给你，你说算了。这是你那天说的唯一的一句话，之后你就爬上河堤走了。一晃就是一年，我知道你今年还会来，你果然来了，我知道你是来烧纸的，青台这个地方你不能不来。

她说话的语速很快，她好像不假思索地说出这些话，或许是她每天都思索这些问题，这些话语才这样自然地流出来。最后她说，你的腿是不是崴着了，伸出来让我看看。

我把腿从被子里伸出来，她用手抚摸了一下说，是崴着了，膝盖已经肿了，看来你今天是走不成了。说完她站起来，走到棚子外面，我看到雨水已经停止了飘落，那女人在棚子外边迟疑了一下，还是沿着河道往前走去，她的脚步踏在泥泞里声音逐渐地轻淡下来。我吃力地抬起头透过塑料布的缝隙望着她逐渐变小的身子，直到这个时候我才注意到她身上穿的衣服是白色的，她白色的衣服在那个灰淡的天气里显得非常突出，如同一身雪白的丧服。

这使我突然想起了那群前来青台烧纸的同路人，我不知道他们现在的情况怎么样，他们是不是已经走了？把我一个人丢在这里？这使我很担心。我坐起来，试着下到地上，但不行，那只崴着的脚痛得厉害。慢慢大起来的河风吹着棚子的一角，发出呼呼哒哒的声响，这使我感到寒冷，我不得不重新回到潮湿的被子里去。这个时候整个空旷的河道里没有一个人，只有我孤零零地躺在那个棚子里，我望着那个用褐色的三脚架支起的扳网，扳网的桅杆被流水冲得来回摆动着，发出咯吱咯吱的声响，那声音仿佛从很远的地方传过来，走得很累，可它又没有一点停歇的意思。那块暗红色的石头被绑在空中，像一只被拔光了羽毛的鸟，现在我想那支架的咯吱声或许就是它痛苦的呻吟了。那或许就是我。我不由得暗自凄伤起来，我又一次想起那群前来青台上坟的同路人。那些埋在坟墓里的人和他们都是什么关系呢？他们怎么会在同一天死在这个地方？他们会不会把我丢在这里？我不认识他们当中的任何一个人，他们或许已经把我给忘了，他们都把我当成了一个乘车到青台的人，我不能这样待下去，我要到他们中间去。我忍着疼痛下到地上，河道里的风又一次使我感到寒冷。我伸手摸了摸搭在绳子上的衣服，衣服还湿漉漉的，显然是不能穿的。我环视四周，我看到了那件雨衣，那件女人脱下来的放在竹凳上的雨衣。我把雨衣拎起来，披在身上。

我穿着雨衣试着走出棚子，就在这个时候我看到一个身穿黑衣的老者从那个女人走失的方向走过来。那个黑衣老者戴着一顶斗笠，一种在南方才有的那种斗笠。可你知道，我们这里离南方非常遥远，在我们居住的乡村和城市里很少有人戴这种斗笠。我立在秋日潮湿的空气里，一直望着那位头戴斗笠的老者接近我。在看到我之前，那个老者的目光一直注意着他脚下泥泞的小路，他偶尔停下来朝前方看一下，但他的目光非常短暂，最后他在我面前停住了。当时我注意到那顶斗笠非常焦脆，仿佛一用力就能捣出一个洞似的。那个老者在风中取下他头上的斗笠，他面红耳赤，灰白的头发如同道士一样盘结在头上，他的双目炯炯有神，他抬起头来目不转睛地看着我说，你出汗了。

经他的提醒我才感觉到额头上沁满了汗珠，你知道那是由疼痛而产生的。

你的腿伤了。老人肯定地说，你回到棚子里去。

我的腿很疼，我希望老人过来帮我一把。老人似乎看出了我的心思，可他却说，你自己走回去，你自己走。

在我艰难地走回棚子的过程中，那位老者一直站在风中看我行走的姿势，当我在棚子里的小兜床上坐下来的时候，他走过来对我说，你的腿脱臼了。

脱臼了？

是的。他走过来在我身边的竹凳上坐下来，随手把斗笠放在身后。把腿伸出来。他对我这样说着，却不看我一眼，那双有神的眼睛只注视着我伸到他膝盖上的腿。他的手落在我腿上，我没想到他的手是那样的柔软，他柔软的手掌滑过我的膝盖，让我感觉到一种彻骨的凉意。

他说，你是步行来的吗？

不，我是坐车来的。

坐车？你是今天来青台的？

对。可我以前从来没有听说过这个地方。

从来没有听说过？那你来青台干什么？你不是来青台上坟的？

不是，我来到这里才看到青台原来是一片坟地，我不知道这么多人为什么会在同一天死去。

黑衣老者抬头看我一眼平静地说，这里的人都知道那一天这里所发生的事，你为什么不知道？

一九六六年九月七日？

对。

我是来到青台以后才知道的，这个日子和我的生日相同。

那你更应该知道那一天在这里所发生的事。

那一天这里到底发生了啥事？

很多人一块儿走进了坟墓。

他们是怎样死的？

中毒。

中毒？

是的。那时这里正在修建一条在这一带非常有名的水渠，决策者决定把这条河里的水通过这条水渠送到远方的田野里去。可是就在九月七日的午后，在渠首大伙上吃过饭的人都感到肚子剧烈地疼痛，许多人没有来得及送往医院就已经死亡了，他们之中大部分都是来自城里的干部和工程技术人员。

怎么会发生这样的事？是有人故意的还是因为食物中毒？

当时有好几种说法，但最后判定是那个伙夫下的毒。

伙夫？他为什么下毒？

修建渠首的地方，原先是他家的祖坟，有人挖了他家的祖坟，他一直怀恨在心。

那伙夫呢？

枪毙了。

枪毙了？

是的，在开宣判大会那天，这里人山人海。

你当时也在这儿？

在这儿。我来这里已经三十年了。三十年前我跟着我外公来到了这里，当时我外公是这里的党委书记。他最初领着这里的人民挖了一口老大的池塘，把我们南方的风车引进到这里，后来他又领着他们修建那条水渠，但是这两项水利工程都是半途而废。你看这里的水土几乎改变了我的一切，我的声音，我的生活习惯，现在我已经记不起来南方是个什么样子了。

你从南方来？

是的。黑衣老者从他的身边拿起那只斗笠说，你看看这只斗笠，它已经跟着我许多年了。黑衣老者说完把那只斗笠递给我，我的思想完全被那只斗笠所吸引。就在这个时候我感到我的腿一阵疼痛，还没有等我弄清怎么回事，黑衣老者已经站了起来，他拍了拍手，接过我手中的斗笠对我说，好了，你的腿已经好了。黑衣老者又说，你下来试试。

我把腿慢慢地放在地上，站起来，果然不疼了。我看一眼黑衣老者，他戴上了斗笠，我已经看不见他的眼睛了，但是不知怎的，我仍然感觉到他眼睛的力量。他说，怎么样？

不疼了。

这就好。

我说，你是医生？

他笑了笑，却没有说话，他转回身，顺着来路往回走，走了几步他停下来说，你上去吧，不然你赶不上回城的车。

我没有按他的话立刻爬上岸去，而是看着他一团黑风似的顺着来路而去，最后他拐过一个河湾不见了。

后来你见过他吗？晓霞说。

没有。

他是医生吗？

是的，后来我才知道他是一个很有名的医生，我指的是在那一带，他住在青台附近的一座道观里，但他经常不在家，而是出去云游。

像神仙一样？

有点。由于当时我急着要到岸上去赶那辆车，就没有去细想这些。实际当时我的思想里一片空白，我忘记自己是怎样爬上岸去的，但是在那片树林里我没有看到一个人，只有一堆堆被雨水打湿的火纸的残骸。我沿着那条黄沙小路来到公路上，那里早已没有了车的影子，他们把我丢在了这里。这个时候，我的身上还穿着那个女人的雨衣，就是车没有走，我总不能就这样把别人的雨衣穿走吧？我得给她送回去，无论如何我也得把雨衣给她送回去，人不能不讲信誉你说是不是？可是在穿过那片树林的时候，我却意外地遇到了一个盲人。那个盲人看上去已经很老了，他的脸上长着一把又脏又乱的长胡子，盲眼老人手拄一根拐杖坐在一块倒地的石碑上，听到我的脚步声他抬起头来翻了一下他灰白混浊的眼睛说，是你吗？

他的问话使我吃惊，我愣愣地立在那里，不知所措。他说，是你，一定是你，你可回来了，我一直在这里等了你许多年。

他怎么会认识你？

我和晓霞同时坐起来，我说，当时我也不知道，那个时候他伸出颤抖的手拉住我，和我一块走向大堤，朝渠首走去。那个时候我不知道自己正在扮演着什么样的角色，但那个时候那个庞大的渠首已经走进了我的思想。

就是那个许多人中毒的地方？

是的，下面我给你讲讲渠首。

渠　首

应该说这是我有生以来见到过的最为庞大的渠首，尽管我的幼年也生活在乡村，生活在一条河边，可是我没有见到过这么有气势的渠首，但我指的是在二十年前这条水渠刚刚建成的时候。在那个阴雨的初秋里，当我拉着那位盲眼老人走进渠首时，它呈现在我眼前的已经是一派残破的景象。现在我来给你讲一讲这个渠首的基本格局。

当然，首先有一点我要对你说，我不知道这个渠首的方位，渠首在河的南岸还是在河的北岸我说不清楚，按我们中原的地形来说是西高东低，一般的河流都应该是东西走向，所以我在这里对你说河南或者河北是有道理的，但说不定也会有特殊的情况，比如河转了弯什么的，现在这些我不讲，你来看看这个渠首。渠首的主要建筑是安装输水设施的楼房，它的高度相当于五层楼那么高，但实际上它只有两层，它的底层全部是用钢筋和混凝土建成的，在面向河道的一方也就是它的外形呈下宽上窄的形状，整个建筑面上又被六个半圆形的脊背所分割，它的脚一直伸到河底的深潭里。从那六个半圆形的脊背里伸出来六根粗大的钢管，这就是用来输水的管道。在我看到这些管道的时候它们已经变成了铁红色，表面已经开始腐烂。在主建筑的里侧，有一个巨大的蓄水池，这个蓄水池要承受六个输水管道同时从河里输上来的水，然后再通过水渠输送到远方去。现在蓄水池已经干涸，深深的池底被长年的尘土所覆盖，有许多杂草的种子在这里扎根生长，几乎改变了蓄水池原来的面貌。在渠首的右侧，有十几间高大的厂房，这些当年渠首的附属建筑都已经残破，房顶有些地方已经塌陷。在渠首所有建筑的墙壁上和堆放的杂物上都长满了青苔，即使在这个秋日里它们也显示出一种生机勃勃的样子，可是院子里的许多高大的杨树却呈现出一种死亡的景象，那些杨树的叶子几乎已经都被虫子吃光了。在那个阴雨的天气里，当我扶着盲眼老人走进渠首那锈迹斑斑的大门时，就听到了一种沙沙的声音传过来，我当时错认为天又下雨了，我抬起头，可是我没有感受到飘落的秋雨。老人说，不是雨，那是虫屎。

虫屎？

是虫屎，是虫屎落地的声音。这么多年来每年都是这样，我坐在这些大杨树下等你回来。说话时，我们已经来到了大树下，那些黑色的虫屎从天而降，发出经久不息的沙沙声，在老人坐过的小凳子的周围，那些黑色的虫屎已经堆积有几寸厚。

现在你可回来了，老人说，我等了你这么多年，我一直在这儿等你，从你爹死那一天起我就发誓在这儿等你回来，你终于回来了。

我爹？

是呀，你说话的声音这么像你爹。老人停下来，松开我的手来抚摸我的脸。在我和他从墓地走回渠首这段时间里他一直这样握着我的手，死死地握着，已经握出湿漉漉的汗来了。我始终想摆脱那只手，每当我要抽回自己的手时，他就会说，别动，我不会放开你。现在那只湿漉漉的手又走到我的脸上，他说，这么像，这鼻梁、这嘴唇、这脸盘，太像了。

像谁？

你爹，太像你爹了。来，孩子，跟我到屋里去，我要好好地跟你说。

我跟着盲眼老人来到渠首左侧的一排较低的房子前，而后走进最外侧的一间屋子里，他说，当年我和你爹就住在这间屋子里，真快呀，一晃许多年过去了，你都长这么大了，你爹死的时候你还没有出生，一晃你就长这么大了。

我爹咋死的？你知道我当时没有别的选择，那位盲眼老人一准把我当成他长年思念的人了，我没有办法就只有来充当他意念中的那个人。我说，我爹是咋死的？

中毒。

不是有人说他没有中毒吗？

谁说的，就他自己中毒了，要不是他，那天在这个大伙上吃饭的人全都会死去。

我说，你说那次就死了他自己？

是的，那天我和他做好饭，他说他有点饿，就先吃了一点，那个时候我去了厕所，等我回来他已经在地上滚成一团，要不是他，我也得死，所有的人都得死，是他救了我，救了大伙。

那树林里埋那么多人是咋死的？

淹死的。

淹死的？

是淹死的，整整一大客车人，全都是那天晚上准备回城去的领导和工程技术人员，我记得很清楚。那天那个汽车司机不想回去，因为他的家在附近，他的妻子就要生产了，他的情绪很不好，而那些等着回家过星期的人早已坐在车里等得不耐烦了，他们坐在车里气鼓鼓地看着那个司机慢腾腾地从远处的大堤上走过来。那个时候正是傍晚，西边的紫色霞光把那辆汽车和那个司机都涂成了灰红色，这一点我也记得非常清楚，当时这个渠首刚刚建成了一小部分，许多建筑材料堆积在河岸的开阔地上，我和许多民工就坐在那些杂乱的材料上望着那个司机披一身紫色的霞光走近那辆汽车。车里的人等不及就探出头来朝他喊叫，你快点不中吗？那个人不说还好些，一说那个司机反而停下来不走了。又有两个人从车窗里探出身来朝司机喊叫。于是司机就和他们吵起来，吵得很凶，双方都不相让，最后还是一个领导出面制止了这场争吵，因为领导当时找不到第二个司机，最后还是决定让这个司机把这一车人送回城里去。那天傍晚，也就是你爹中毒死去的那天我和许多民工都看到了那个司机气鼓鼓地走上了汽车，他恶狠狠地关上了车门，我们看到那辆汽车在一片紫色的光亮中启动，没有走出五百米，那辆汽车就飞快地顺着一个缓坡开到河底去，接着一头扎进深水里不见了。

那一车人都死了？

都死了。那还会有活的？他们全都被水闷死了，后来就被埋进了那片树林里。

那个司机呢？

司机也死了。

他的妻子呢？

他的妻子当天夜里生下了一个女孩，她就带着她的女儿在出事的河坡边搭了一个棚子，长年以扳鱼为生，那个女的在三年前夏天的一个雨夜里淹死在河里，后来她的女儿就继续替她母亲守着那架扳网。在这一带许多人都知道这个事故，先前每天都有人来河边看这个守扳网的女人，后来人们把这件事当成一个传说，大人讲给小孩听。那个女人一直在这里守了很多年。每年前来青台上坟的城里人都会在河道里看到这个女人和她的女儿，每年的这一天，这对母女都会把从河水里扳上来的鱼放回去，只是把蚂虾留下来，这些年来，她们养成了生吃蚂虾的习惯，她们几乎不再吃别的什么东西……

那么是谁在食物里下的毒呢？

你爹。

我爹？

是的，是他自己，那一天他在饭锅里下了很多剧毒农药，后来我们在他的衣服上他的手上都发现了这种农药。

那他为什么要下药？

为了你妈。在他来渠首出工的时候，你妈怀着你和她的情人，也就是你现在的爹一块儿跑新疆去了，几个月来你爹都黑着脸闷闷不乐，有几次我听到他在睡梦里咒骂那些派他来水利工地干活的干部。有些时候他坐在那里会自言自语说，我要是不来工地就好了，我要是不来工地就好了，结果他就闷出了那种事儿。那天我从外面回来就见他在床上打滚，他嘴里一边吐着白味一边断断续续地对我说，饭……里……有毒……

后来我突然发现这个盲眼老人是一个渴望表述者，由于他一个人长年守着这个残破的渠首，没有人和他进行交流，他就感到孤独，为了消解这种孤独他就对所见到的人不停地表述，在他这里，他所叙说的对象已经降到了次要的地位，你现在就是变成一棵草或者一块石头他也能对你说上一个小时又一个小时。在那个阴雨的天气里，我被盲眼老人的话语所围困，在他如同流水一样的语音里我的头脑感到昏昏沉沉，到后来我一点也记不清他所说的内容了，他的话语变成了一种催眠剂，在他苍老的表述里，我渐渐地睡着了。

你就那样坐着睡着了？

我当时可能就是坐在那儿睡着的，可是等我醒来的时候我却躺在老人的床上，那位盲眼老人已经不知了去向。我惺忪着眼睛走出屋子，我几乎找遍了渠首的每一个角落，也没有看到他的身影，但在我的感觉里，这里的每一件物体上都印满了盲眼老人的语言，那些语言就像那里随处可见的生机勃勃的青苔。

到后来你一直没有见到过那个盲人？

没有，但我知道他去哪里了。那天在我找遍渠首的很多地方之后，仍然没有见到他。我知道我不应该漏掉每一处可能找到他的地方。最后我沿着蓄水池东边的小道来到了通往渠首主要建筑底层的通道，通道的水泥台阶上同样长满了青苔，为了防止滑倒，我几乎是蹲着沿着一个又一个陡峭的台阶下到底部去的。在底部的正中间，有对长满红锈的铁门，铁门好像刚刚启开过，但铁门却从里面锁住了。我用手敲了敲，铁门发出嗡嗡的声响，这声音使我感到恐惧，我抬起头，天空在我的头顶上变得是那样窄小，我如同掉进了一口深井里，当时我的头发全都倒竖了起来，我哆哆嗦嗦地爬出那个通道，但我仍旧不死心，我又顺着那个唯一能通往渠首的天桥来到了二楼。二楼门上的锁已经锈死，我只好从一个破碎的窗子里爬进去。在这里，所有的窗玻璃都已经破碎，风从窗子里自由地来往。但当时我没有注意到这些，我只看到二楼的中间有一个修建时就留下的长方形的空洞，正常的情况下从这里可以看到楼底下也就是渠首底部的全部内容，但那天由于天空灰暗的缘故，我看到的只是一个黑洞，黑洞好像没有根底，加之空洞四周的栏杆都不存在了，我没有敢走近它的勇气，在我的感觉里有许多阴森森的气息从黑洞里冒出来，压迫得我不敢出气，我就那样哆哆嗦嗦地站着。透过眼前的窗子，我看到了空旷的河道，许多灰白的水汽如雾一样在窗前飘过，这种情景使我有一种如同立身于悬崖峭壁之上的感觉。

那位盲人呢？

我不知道他的去向，或许，他走进了那个黑洞。

那后来呢？

就在这个时候我看到了那个活动的白房子。

活动的白房子？

对，活动的白房子。下面我就给你讲讲活动的白房子。

活动的白房子

实际上那天在我最初站到河堤上的时候，我就看到了那座活动的白房子，但由于这座活动的白房子偏离了我的视线，所以它最后才走进我的记忆里。在这里用记忆这个词不是太准确，是吧？应该说是思想里，或者说是现实里。

那天在我走出渠首的时候，我想我应该把身上的雨衣还给那个女人的女儿，我没有想到那个脸面很黑的女人那个浑身散发着腥气的女人竟和我是同一天出生的。我想我应该到那里去，那时我就有一种想再见她一次的强烈愿望。可是当我赶到她安放扳网的那段河道里的时候，那里却空无一人，只有那座孤单的塑料棚和那架在水里晃动的扳网。

我环视四周，河道里除了充满潮湿的空气就是灰暗的光线，我来到棚子里的兜床上坐下来，下决心等待那个女人的归来。在我等待那个女人的时候，我又一次对那个扳网发生了兴趣。我沿着泥泞小路来到扳网前，从空中垂下来的绳子使我想到被剪断的绳索。我站在扳网前迟疑了一会儿还是伸手拉住了那根绳子，那根绳子湿漉漉的，如同握着一条水蛇。我用力拉动那根绳子，一边拉一边抬头看着那只被拔光了羽毛的肉鸟从我的头上飞下来，从绳子里挤压出来的水一滴一滴地落到我脸上，但我没有太在意，我第一次拉动扳网的新鲜感使我把一切都忘记了。扳网在我拉动的桅杆的带动下，慢慢地露出了水面，当网全部都露出水面时，我没有看到一条鱼或者一只蚂虾，在那网里我只看到了一截被河水泡得发白的肠子，那截肠子被一根麻绳牢牢地系在网中间，我想那东西一定是为了吸引鱼虾，可是我在网里没有看到一条活鱼。在我等待那个女人回来的过程中我一次次地把扳网放进水里又扳上来，但是我没有捕到一条鱼，在网里我看到的只是一些被流水冲来的杂草和被水泡发的木棍，一些被人吃剩的瓜皮和几只死老鼠，这使我感到失望。就在我对扳网失去兴趣的时候，我听到了有船桨击打河水的声音，我抬起头，看到有一只小船从下游划过来，划船的就是我要等待的那个女人。

我丢掉手中的绳子，扳网就慢慢地滑进水里，我看着那个女人把船靠在岸边，从船上扔下来一只铁锚，她从船上跳下来，风一样地走过来，她说，你没走？

我说，没走，他们都走了。

你也应该走，你不应该留在这里。

我到哪里去呢？我没有地方可去。

你想待在这儿？这儿可没有什么好待的。她说着走回棚子，在床上坐下来。我拍了拍手跟过去在竹凳上坐下来对她说，没什么可待的？你为啥和你母亲在这里一待就是几十年？

我母亲？我母亲从来没有在这里待过，这么多年来就我一个人在这里扳鱼，这些年来到我这里来的都是一些男人，你没有看到在这片河道里到处都叠满了男人的脚印吗？你还年轻，所以我说你不应该留在这里，你留在这里说不准就会出点什么事儿。

在这河道里？

是的，在这河道里有许多冤死鬼。

就是埋在岸上树林里的那些人吗？

是的。

那些人是怎样从汽车里弄出来的呢？

啥汽车？

那些人不都是被开进水里的客车闷死的吗？

真新鲜，我从来没有听说过。

你没听说过？你说那些人是怎么死的？

被炸死的。

炸死的？

对，炸死的。出事的那一天我还没有来这里扳鱼，但那一天我在河道里洗衣服。那个时候这条水渠刚刚开工不久，由于这段河道没有较深的主河道，他们就决定开一条。那些日子里每天河道里都会传来轰轰的爆炸声，黄色的泥浆像天女散花似的飞满天空，把河水搞得终日混浊不堪。可是有两天爆炸声突然停了，我们这些在家积了许多脏衣服的女孩子都坐不住了，扤着大篮子小篮子的脏衣服涌到河边，河道里到处都是棒槌击打衣服的声音。大约是半晌午的时候吧，从上游的河道里开来了一条船，船上装了许多胳膊上戴着红袖章的城里人，你知道六六年那阵子正在搞“文化大革命”，我当时也弄不清他们是哪一派的，他们每个人手里都拿着红色的毛主席语录，下到岸来涌到水利工地上，可能是船上下来的那一派和水利工地上的那一派发生了什么矛盾，没有多大一会儿两帮子人就汇到了一起，在那里熙熙攘攘地争论。他们在那里一直争论了好长时间，不知道为什么两帮人就打了起来。他们好像没了王子的蜂，在那片开阔地上涌来涌去，最后有人被打倒了才算结局。

从船上下来的那帮人可能伤了五个，但都不是太重；水利工地上的人伤了三个，有一个因伤势严重在天没黑的时候就死了。这是第一天的情景，第一天那只船开走的时候船上的人谁也没有想到岸上有一个被打伤的人会死，他们只觉得多伤了两个人，吃了大亏，所以第二天他们又带了更多的人开着船来到水利工地上，他们有了第一天的经验，就没敢轻易地把船开到水边，而是把船停在了河中间，他们打开了船上的大喇叭，喇叭刺耳的声音如同那天的阳光一样撒满了河道。正当船上的人手里挥着毛主席语录高呼口号的时候，在船的四周翻起了滔天的水浪，接着就是震耳欲聋的爆炸声，当河水平静的时候，河里的那只大船不见了，河水几乎被血染红了，水面上到处漂着各种各样的破碎的布块。你知道那天的爆炸声在十几里地之外都能听得到，在这一带没有人不知道那场大事故的。

船上的人都死了吗？

都死了，没有一个人活着上来的。

那是谁装的炸药呢？

那个被打死的人的儿子。

那个人呢？

后来被枪毙了。

你当时在哪里呢？

我当时就在河道里洗衣服。噢……那个女人好像突然明白了什么，她看着我说，你是来调查那个案件的是不是？这个案子不是早已了结了吗？你们为什么还年年来呢？你要想知道得更清楚更详细就去找蛮子吧。

蛮子？

对。他初从南方来的时候说话听不懂，我们都叫他蛮子，那天晚上就是他和那个被枪毙的小伙子一块儿去河道里下的炸药，他知道得更清楚。

就是那个头戴斗笠的黑衣老者吗？

是他，他就住在那座白房子里。说完她就朝河道里指了指。

在她的指点下我又一次看到了那座修建在河面上的白房子。我不解地问道，那座房子怎么建在河水上呢？

她说，你去吧，到了那里你就明白了。说完她不再理我，站起来去收拾她的扳网。

我说，那我咋过河去呢？

划船，划着这只船过去，这船就是蛮子的。女人头也不回地走近她的扳网。我按照她的意思上了那只小船，可是那只小船不听我的使唤，它在水里不停地兜圈子。在小船兜圈子的时候我又看到那个女人从拉出的扳网里捕到了半舀子白花花的蚂虾，她一边在岸上吃着活蚂虾一边教我划桨的方法，最后在她如风一样的咀嚼声中我终于学会了使桨。在那个阴沉沉的秋日里，我独自一人划着蛮子的小船穿过空荡荡的水面到那座建在水面上的白房子里去。

你不是说那是一座活动的白房子吗？

是的，但当时我不知道。实际上很简单，那是两间修建在一条水泥船上的木房子，木房子的外面又被涂成了白色，就这么简单。

你见到那个黑衣老者了吗？

没有，那天我划着船来到那座活动的白房子前，没有见到那个黑衣老者，但那房子的门是开着的，我自作主张地走进了船舱，船舱里的一切都收拾得井井有条，我在一只白色的小凳子上坐下来，等待着蛮子的归来。在我等待主人归来的时候，我突然发现这里的一切家具都被他的主人漆成了白色，我几乎是坐在一片白光之中，但由于外边光线的暗淡，那白光也在渐渐减弱。后来天就慢慢地黑了下来，那个时候我实在是太累了，我不知不觉地就在那座不停地晃动着的白房子里睡着了。那天夜里我做了一个梦，我梦见了那片树林，在树林里我迷失了方向，在许多墓碑上我再次看到了那个时间的标数：

一九六六年九月七日

一九六六年九月七日。晓霞重复了一下这个数字，她慢慢地把目光转向窗外喃喃自语地说道，这是一个什么样的日子呢？月光从窗子里射过来照在她脸上，窗外树叶的影子在她的脸上摇来晃去。她停了一会儿回过头来看着我说，那天黑衣老者一直没有回去吗？

没有。第二天我醒来的时候，我吃惊地发现在我身居的白房子里到处都蓄积着厚厚的灰尘，船舱板上只有我一个人走过来走过去的脚印，由此推断这座白房子里已经有很长时间没有来过人了。眼前的情景顿时让我感到毛骨悚然，我忙走出船舱，看到整个河道都被灰白的雾气所笼罩。在那场大雾里我划着蛮子的小船在河道里迷失了方向。起初我想把那件雨衣还给那个扳鱼的女人，可当时我怎么也看不到堤岸，最后我放弃了这个想法，毫无目的地一直在水上漂泊了好长时间，我一直划呀划呀，那天的雾真大，我从来没有见过这么大的雾，那雾无边无沿，就像一块巨大的灰布挂在我的四周，使我看不清任何物体。到后来我实在累得不行，就放弃了船桨，我在船舱里坐了下来，任船顺水漂流，在船漂流的过程中我又一次昏昏入睡。

晓霞说，后来呢？

我醒来的时候，雾已经散去，但天却黑了，使我感到幸运的是船靠在岸边，我又冷又饿，实在顾不了蛮子的船了，就弃船而去。我爬上岸，穿过一片树林，最后来到一条公路上。那个时候公路上没有一个人，我在公路上等了好久才看见从公路的一侧过来一辆马车，那辆马车的右侧还挂着一盏马灯，马灯在一匹高头大马的蹄子声中有规律地晃动着，那马车离我越来越近，我看到有一股淡淡的白雾环绕在那辆马车的四周，那辆行走的马车被一束不知从何处而来的光照着，马车巨大的阴影在寂静的公路上晃来晃去，有一种神秘的气息在我的四周涌动着，我就感到紧张，后背一紧一紧地有一股凉气穿出来……

后来呢?

后来我乘上了那辆马辆，车夫可能是一个中年人。

可能?

对，可能，因为在黑暗里我没有看清他的面孔。

那你怎么知道他是一个中年人呢?

我是从他说话的声音来判断的。那天夜里我和那个车夫说了很多话，可是后来我一句也记不起来了。在接近城市边缘的时候，我不得不和他分手，因为他要到另外一个地方去。为了报答他，我把女人那件雨衣从身上脱下来送给了他。

后来呢?

后来我们就分手了。

晓霞沉默了一会儿说，这是一个梦。

或许是吧。说完我就晃了一下自己的头，由于长时间的坐立，我的脖子有些生疼，我把身子端正说，人生就是一场梦，你信吗？

晓霞说，我信，一个很长很长的梦。可是什么时候才能醒呢？

当一个人走进坟墓的时候，他就醒了。

晓霞看我一眼，而后沉默不语。她再次感受到了我的语调里充满了忧伤，或许我对人生的看法使她感到迷茫。一切在突然之间都变得那样的不真实，茫茫的田野，迷蒙的细雨，一些刚刚经历的往事，一切都变得那样的不真实，一切都变得恍恍惚惚，离我们那样的遥远。

我们坐在那里，静静地看着月光映照下来的树叶的影子在窗子上摇晃，摇晃，四周一片沉静。那沉静好像一片无边的旷野，慢慢地在我们的思想里伸展着。

局部麻醉

一

在夜间，身体瘦弱的外科大夫白帆常常被邻居袁屠户杀猪的声音所惊醒。他拥被而坐，惺忪着眼睛望着从窗外射进来的灯光穿过他面前的空间落印在东边的墙壁上。屠户和他妻子的身影在他屋里的墙壁上晃来晃去，他看到袁屠户扬起一根影子又恶狠狠地砸下去，他听到窗外传来“扑嗤”一声闷响，那头被捆绑的猪的号叫声消失了。白帆知道那是一根铁棍落在了猪头上，直接的暴力行为使那头猪处于昏迷状态。猪的颅骨一定是粉碎性骨折。他仿佛看到许多血管因暴力而破裂，从破裂的血管里涌出大量的血停留在颅腔内，形成了颅内血肿。那些血肿压迫着大脑神经导致呕吐、烦躁、头痛、昏迷、偏瘫、意识丧失等症状，他的病人大多都是这样，像这样的情况原则上都要开颅清除。这是一句写在外科教学书上的话，他记得非常清楚。那位面容清癯头发花白的老教授在朗读完这句话后用审视的目光在教室里看一眼，然后他拿起笔在那句话的下面划了一条横线，又在那一行字的下面加了几个着重号。是的，白帆想，像这样的情况一定要开颅清除。他这样想着，让自己的思想尽量地沉溺在对一些美好往事的回忆之中，但是袁屠户弄出来的声音仍不时地从窗外传过来，他说，抓紧，抓紧！

屠户的妻子说，谁没抓紧？

抓紧了抬，来，抬！

白帆感觉到屠户夫妻把吃奶的劲儿都使上了，他仿佛看到因用力屠户的脸都变得苍白。他没有想到一个曾经做过疝气手术的男人和一个做过痔疮手术的女人还这么大的劲，他们合力把那头猪抬上了那条涂满血迹和尿液的木案子上，他仿佛看到袁屠户亮起了一把细长的尖刀刺进了猪的脖子里，他听到了肌肉组织被切开的声音。袁屠户尖声地叫道，盆！

袁屠户的妻子就喘着粗气在木案子下放了一只瓦盆。白帆听到有一种液体注进了盆里，他坐在那里，极力地想象着那股液体的颜色。那种液体从血管里喷出来，打在了他脸上，他闻到了一种血腥的气息慢慢地荡过来。他轻轻地扬起手放在鼻孔下。在感觉里，从他的指纹里随时都会散发出那种血的气息，血的气息仿佛已经穿过皮肤，渗透了肌肉，无论用什么都不能把那种气味清除掉。他的手在他的面前支着一种持刀的姿势，这是他的职业习惯。但他无论如何也想象不出袁屠户手持尖刀并把尖刀送进猪脖子里的姿势应该归在他手术上的哪一类，是执弓式还是执笔式？是抓持式还是反挑式？都不是。屠户的凶狠在无影灯下一点点也用不上，他这样想。他听到袁屠户那只沾满鲜血的手把那尖刀又往猪脖子里送送，而后抽出来，在猪身上滗了两下。袁屠户走到案子后面，抓起一只猪腿在上面轻轻地切了一个口，他对妻子说，拿过来。

白帆闭上眼睛，把背靠在床头上，但他的脑海里始终晃动着袁屠户那高大的身影。他看到屠户接过妻子递过来的那根长长的捅条，那根光滑满是猪油的捅条在灯光下闪闪发亮，屠户熟练地把捅条插进刚刚割开的切口里，那根捅条仿佛一条蛇钻进了猪皮里，那条蛇一会儿钻到猪腿里，一会儿钻到猪头里。白帆想，这样的捅条在人体里没法使用。有时候他隔着窗子看见那根靠在屠户家墙边闪闪发光的捅条手都有些颤抖，他知道他没有力量或勇气拿起那根捅条。现在那根捅条已经从猪身上褪了出来，他听到屠户把捅条扔在地上的声音，那根捅条的一端不知撞在了什么铁器上，金属相撞的声音使白帆想起手术室里的情景。他知道器械护士每次都是很小心地把手术刀或者手术剪之类的器械放进瓷盘里，但他仍然能感觉到那种金属器械互相摩擦的声音很刺耳，他对那声音特别敏感，从窗外传来的强烈的铁器撞击声，使他的头皮紧了一下。他听到屠户的妻子对屠户说，你慢点，人家正在睡觉。

屠户说，谁睡觉？躺在床上还嫌不舒坦？

白帆睁开眼，他从心里厌恶这个自以为是的屠户。屠户几乎每天都以这样的形式侵入他的生活，让他从睡梦中醒来不得安宁。或许这个可恶的屠户压根就没有把我放在眼里。白帆知道这个人的禀性来自他腰里的几个臭钱。那一年他求白帆为他做疝气手术的时候，他压根就不是这个样子，他一手托着两腿之间的疝气袋一边弯着腰在街上行走的时候，家里连吃盐的钱都没有，现在他杀猪手里有几个臭钱了，有几个臭钱他就不知道他家的锅台门朝哪儿了！这个杂种常常一边啃着油乎乎的猪蹄子一边隔着窗子对他的妻子柳鹅说，弟妹，现在这世道，有钱能使鬼推磨，你信不？现在公家的人不吃香，俺兄弟一把好手，能开人脑袋，一月才拿几个熊钱？还不如我起早杀两头猪！那个时候白帆正坐在被阳光照耀着的竹椅里，屠户的话使他受到了莫大的耻辱，他想跳起来走过去啐屠户一脸，指着屠户的鼻子说，你能给我比？但他没有，他看到自己的妻子正笑吟吟地接过屠户隔着窗子递过来的两个油汪汪黄灿灿的猪蹄子。看到柳鹅瞟他一眼，他立刻就感到无地自容了，因为他没有更多的钱去满足妻子那张好吃肉的嘴。妈那个×！白帆在心里这样骂道，他听到袁屠户趴在猪蹄子的切口上一口一口地往猪身子里吹气，屠户的妻子用一根棍在猪身上扑哧扑哧地不停地敲打着，使屠户吹进去的气走遍猪身上的每一个角落，那猪很快地肥胖起来，白帆看到袁屠户那张沾满了鲜血和猪毛的嘴在阳光下发亮，这使他感到恶心。屠户一边用衣袖擦着嘴上的血一边朝他的妻子叫道，水热了吗？

他妻子说，热了。

来，抬过去！白帆听到屠户两口子呼呼哧哧地把那头猪又从木案子上抬到冒着热气的锅里。他知道那口大锅就支在他家屋后窗子的左侧，他睁着双眼听着袁屠户用棍子捣水的声音，接着又传来了嚓嚓嚓的煺猪毛的声音。屠户说，水太热，退火！屠户的妻子就撅着屁股去退火。他们隔窗发出的噪音使白帆的情绪坏到了极点，他凭什么这样来干扰我的生活？白帆愤怒地想到，他的头颅嗡嗡作响，再也不能容忍，他忽一下把被子掀开，他想跳过去对着窗子大声号叫。这个时候，睡在他身边的柳鹅醒了。她坐起来，惺忪着眼睛问他，你神经啥了？黑更半夜你掀被子干啥？你想冻死我？说完，她一下把被子拉回来盖在了身上。

白帆没好气地说，我受不了，每天都这样。

柳鹅说，有本事你也起来捣弄，让他也睡不着！

白帆说，我头痛。

柳鹅说，有本事你搬走，搬到医院里去，那里清静。

白帆不再言语，几乎每次都是这样，妻子的话像棍一样把他打闷了。妻子在往他的伤口里撒盐，这使他痛苦。他烦躁而固执地光着身子坐在那儿一动也不动。屋外袁屠户煺猪毛的声音像火一样烧燎着他的心。柳鹅伸手一下把他拉倒在床上，说，冻着你了。说完，就把被子盖在他身上，把他小猫似的搂在怀里，妻子肥胖的身子软软地把他包在里面，使他感到温暖。她肉乎乎的手在他的背上游走，一直滑到他瘦小的屁股上，那只手轻轻地抬起来，五个手指像猫爪子一样在他的皮肤上滑动，滑动的手指使白帆的心一揪一揪的，他知道那是妻子又在向他发出做爱的信号了。他知道，对于床上的生活，她是一个永无止境的渴望者。每天在入睡前和清晨醒来之后，她都不会放过他，即便是夜里再加上一次也不能使她得到满足。这一点，常常使白帆感到恐惧。现在，他躺在妻子的怀抱里就有些发抖，但他还是在妻子的引诱下来到了她身上。可一上去他就大汗淋漓，还没有动作，他就感到了劳累。但他仍然强迫着自己，我快不行了，我真的快不行了。他像一个溺水者，就要沉到海底去了，那海水闷得他透不过气来，那海水是那样的黑暗。救救我吧，我真的快不行了……就在这时，他听到有脚步声从院子里传过来，那声音在他家的门边消失了，接着又响起了咚咚的敲门的声。那声音仿佛从很远的海面上传过来，那声音振动着水面，在恍惚之中，他听到有一个声音在呼唤他，白帆，白帆……

白帆停下来，他想趁势结束那恐惧，但妻子仍旧紧紧地搂着他。可是那个呼唤他的声音在门外越来越急，白帆说，有人。

妻子抽出一只手揽住他的脖子，然后把嘴摁在了他嘴上把舌头伸进他嘴里，身子在他的身下一下一下地扭动着。

这时，窗后袁屠户家煺猪毛的嚓嚓声消失了，袁屠户走过来拍打着窗子说，白大夫，白大夫，醒一醒，有人找你。袁屠户的喊叫声彻底地把白帆给打垮了。他挣扎着从妻子身上滚下来一边喘着粗气一边对着窗子说，你拍啥拍！

袁屠户说，有人叫你。

白帆说，有人叫我碍你啥事！

袁屠户说，你这人，真不知道好歹……

袁屠户又要说啥，被他妻子拦住了。这时门外又响起了敲门的声音，那人一边敲一边叫，白帆，睡醒了没有？

白帆没好气地说，谁，敲啥敲？接着，他又小声嘟囔道，跟死了娘似的。

门外的人说，我是黄文斌。

柳鹅说，是黄院长？你还不快点！

黄院长？白帆一边飞快地穿着衣服一边对门外的院长说，

稍等一下。他一边穿衣一边又嘟嘟囔囔地说，我咋就没有听出是院长的声音呢？说着，他趿拉着鞋往门边去，他拉开门对站在门外的院长说，进屋来，快进屋来。但出乎意料的是，出现在灯光里的人并不是黄院长，而是院里那个长了一脸横肉的麻醉师。白帆一边把他让到屋里还一边还往门外的黑暗里瞅。他说，院长呢？

麻醉师整了一下衣领说，别瞅了，是院长让我来叫你。

白帆说，天还没亮呢，有事？

当然有事，没事会来叫你？

白帆说，有急病号？

麻醉师说，是的，院长他娘。

院长他娘？白帆说，院长他娘有啥病？

麻醉师说，你忘了？几个月前还是你给她作的诊断。

白帆突然明白了，噢，她不是一直在乡下住着吗，咋又回来了？

麻醉师说，难产。弄了一天两夜，生不下来，就拉回来了。院长没办法，才让我来喊你。说完麻醉师又说，这事院长挺要面子，不让乱说，只有你我知道。

白帆说，哦，是这样。

麻醉师说，快走吧。

白帆在水盆里洗了一把脸，就和麻醉师一块儿走出去。临出门的时候，他对床上的柳鹅说，我去医院了。

柳鹅躺在床上一动也不动，她听着关门的声音从外边传过来，等两个男人的脚步声渐渐地走远了她才噌的一下坐起来，三下两下穿上衣服，一下推开后墙上的窗子对屠户说，哎，你过来。

那个时候袁屠户和他的妻子已经把那头煺得雪白的猪挂到肉架子上，他刚用刀切开猪肚子，把热腾腾的猪内脏下到一口红盆里。他转身对嵌在窗子里的柳鹅说，啥事儿？

柳鹅说，院长的老娘要生孩子了。

谁？黄院长的老娘？你听错了吧，是他老婆吧？屠户的妻子一边滤着猪肠子一边说。

咋会听错？不会，就是他娘。

屠户说，院长他娘没有六十多？

柳鹅说，六十六了。

屠户的妻子说，院长他爹都死了二十多年了，没想到他娘又要生孩子了。

柳鹅说，最初他娘的肚子鼓起来的时候，院长还以为是得了水肿，谁知一查，都怀上五个月了。院长让她流产，她死活不让，非要生下来不可。

屠户说，不知道是谁给她下的种。说完，他就龇着大牙在那里笑。

他妻子说，这是你操的心？

屠户说，我说说又咋了？他娘都让人日过了，还日大了肚子，我说说都不行？

你能！屠户的妻子生气地说。

屠户把眼一瞪说，这大清早，你找气不是？去河里洗肠子去！

屠户的妻子不再理他，就提着装了猪内脏的竹篮子往外走，她走到大门边，伸手把灯拉灭了。她嘟囔了一句说，天都亮了。他们一同抬头看天，天果然已经发亮了。她回头对屠户说，我下河了。说完，她提着篮子走出门。屠户看着妻子走出门，回身从红盆里掂起那挂猪心猪肝走到窗前对柳鹅说，接着，快找东西接着。

柳鹅飞快地下床，端过一个瓷盆伸过去，让屠户把猪的心肝放进去，屠户顺势扬起带血的手在她的脸上捞摸了一把说，今儿个没弄得法吧？

白帆的妻子说，你那臭手。

屠户说，你哼哼叽叽地我都听见了。说着，他一下子捉住了她的乳房，说，你还想得法吗？

白帆的妻子说，放开，你那臭手，洗干净再来。

屠户一听这话，就屁颠颠地跑到压水井边去洗手，可还没等他洗完，柳鹅就嘭的一下把窗子关上了。屠户转过身来一边用毛巾擦手一边回到窗前，屠户敲着窗子说，开开，让我过去。

屠户站在窗前，小声地一遍一遍地哀求，可是等了半天，他也没见柳鹅的影子。屠户生气地嘟囔着，浪×，逮住你再讲！逮住我日衩你！他一边嘟囔一边回到肉架子前，操起砍刀嚓嚓地砍起肉来，那些骨骼和肌肉的碎片，在渐渐明亮起来的晨光里被他砍得四处飞溅。

二

秋日的黎明已经有了几分凉意，白帆坐在麻醉师晃晃荡荡的车子后面，感到那些迎面而来的秋风钻进袖口里来，他不由得裹紧了自己的衣服。麻醉师一边骑车一边说，你冷吗？

白帆说，有一点。

麻醉师从车子上跳下来，一手扶着车子一手从兜里掏出手帕来，他一边擦着头上的汗一边对白帆说，要不你来骑吧，这样你会暖和些。说完，他又补充道，你看，我都骑出一身汗来了。白帆朝前看一眼，空荡荡的街道里冷冷清清只有几个起早赶集的农民，这比白天挤满了行人的街道宽敞了许多。他从麻醉师手里接过车子，在黎明的光线里看一眼麻醉师那脸横肉说，我能带动你？

麻醉师说，能。你没看这段路是下坡吗。

白帆看看前面的街道，果然全是下坡。他犹豫了一下最后说，那好吧，让我试试。

那个秋日的黎明，身体瘦弱的外科大夫白帆，就这样骑上了那辆半旧的二六型自行车，带着长了一脸横肉的麻醉师，穿过颍河镇里平坦的街道，往坐落在镇外的医院里去。那个时候，颍河镇的居民大都还在睡梦里，整个镇子还都处在惺忪的状态里。街道两边的灰色或红色的住宅还有那些品种繁杂的落叶乔木仿佛梦中的影子，从白帆的视线里一一闪过，这也是白帆目前的状况，他本人还完全没有从睡意和烦躁中清醒过来。在很多时候，白帆都处在这种情景之中，他的思想仿佛处在手术过后，麻醉还没有完全解除的状态之中。可他以前并不是这样，他在上海第二医科大学进修的那段时光里，还是个感情丰富精力充沛的小伙子。现在，清冷的空气使他渐渐从麻醉状态里清醒过来，他的脑海里不时地闪现出他在那个大都市里度过的一些快乐的时光，那些美好的日子常常使他忘记自己所处的闭塞而偏僻的乡间。等他清醒之后他就会发出无奈的叹息。他知道，这里和远方的都市有着天壤之别，但远方的都市往往只存在于他的梦境之中。在他忧郁和伤感的时候，他都会深深怀念花园似的校园和慈祥如父的教授们。他知道，他今后无论怎样努力，自己的身心再也无法达到那种如梦的境界了，这或许就是他忧郁和伤感的根源。他一边这样想着，一边带着麻醉师穿过仍在沉睡之中的颍河镇，由于精力分散，他的车子险些撞在路边的一根电线杆上。

麻醉师惊慌地从车上跳下来，他说，白帆，你咋回事儿？下来下来，我来带你。白帆从车上下来，麻醉师一边接过车子一边说，你骑车不中。

白帆没再说话，在这年秋季的一个早晨，他默认了麻醉师对他所下的评语。在他重新坐在麻醉师的车子后面渐渐接近颍河镇医院的这段时间里，这位外科大夫再也没有说话，他们各自想着心事，在清爽的空气里走进了医院。他们穿过一排又一排房舍，当看到种植在甬道两边的冬青树丛的叶子上落满了白色的灰尘时，白帆突然意识到，在这里，已经有很多日子没有下雨了。在南方，在他记忆里的南方总是阴雨连绵。那些热带植物常常被雨水冲洗得干干净净，然后呈现在人们的视线里，使行走的人感到世界的清爽。但这里不行，白帆想，这里是偏僻而闭塞的北方乡村。尽管种植了一些南方的植物，但这里仍旧到处充满灰尘，这是不易更改又无可奈何的事情。他想，这里的植物就像这里的人一样。在那个秋季的早晨，当外科大夫还没有见到他所在医院的院长时，他对某些事物做出了这样的定论。因为有一些南方的生活经验，他从心里瞧不起这里的人和物，尽管他曾经被这里的土地所生养，但他却把自己暗暗地视为一个南方人，他甚至盲目地用一个南方人的生活习惯来要求自己，使自己尽量做得与众不同。因而，他总觉得自己和这里的人格格不入。因而，他总觉得自己孤独无助，总觉得身边的这些人离他十分遥远。现实里的一切，远远没有他记忆或幻想里的人和物亲近。他这样胡乱地想着，却没有注意到麻醉师骑车带着他已经接近了院长。那个时候，院长正焦急地等在医院的通道上，一看到麻醉师出现在他的视线里就急忙迎过来，他说，来了吗?

麻醉师说，来了。

白帆听到院长说话忙从车上跳下来。身体瘦弱的白帆，在清晨的光线里看到一向稳重斯文的院长脸上呈现出了一种不安的神态。院长急切地说，你可来了。

白帆的思想最终又回到了现实里，他说，人呢?

院长说，在我屋里。

他们一同走进院里的时候，院长的老婆正黑着脸儿站在黎明的门口，白帆听到院长老娘的呻吟声从屋里传出来。白帆和院长先后走进屋，他看到院长的老娘半裸着下身躺在板床上，她隆起的肚皮在明亮的日光灯下暴着一根又一根青筋，白帆看到有一些淡红色的液体从她叉开的双腿之间流出来。白帆伸出手来，说，听诊器。

院长忙从桌上拿过来一副听诊器。白帆接过听诊器来到她的身边，把听诊器的一端放在她隆起的肚子上，她两腿之间发出的气味使他恶心，他感到有一种东西在他胸中往上顶撞，他想呕吐。

院长说，咋样？

院长的话使白帆忍住了要呕吐的愿望，他站起来，对院长说，已经没有胎音了，只有保大人了。

院长说，又生不下来，咋办？

白帆说，剖腹产。

院长犹豫了一下说，有没有别的办法，她这么大的年纪。

她死了才好哩！院长的老婆小声地恶狠狠地咒骂着。院长阴沉着脸看她一眼，她就低着头走到门边立住了。

白帆沉思了一会儿，然后走到院长老娘的身边，一手架起她的右腿，另一只手探进她的阴道。片刻，他把手抽出来，在水盆里洗了洗说，胎儿的头颅堵在那儿，让我试试看吧。随后，他对身后的麻醉师说，你去作麻醉准备吧。

麻醉师看了院长一眼，然后走出去，白帆看着麻醉师晃动的身影对院长说，把她抬到手术室里去。

在这儿不中吗？

白帆有些意外地看了院长一眼，说，这是手术。

院长仇恨而无可奈何地说，丢人呀！

这时院长的老娘又在板床上鬼一样地号叫起来。白帆有些生气地对院长说，都啥时候了，你还要面子？走吧，我帮你把她抬过去。

院长在白帆和妻子的帮助下，把他老娘抬到了手术室。那个年过六十的老女人被抬上手术台的时候，还在不停地号叫，她说：我要生，我要生……

白帆在心里想，已经没有这种可能了。在无影灯的照耀下，他把那个号叫不止的老女人绑在了手术台上，他从墙边存放器械的柜子里寻出一把刮脸用的刀架，换上一枚新刀片，然后来到老女人的身边。白帆在做这一切的时候，感触到了院长从背后射过来的复杂的目光，那片丛生的杂草，使他感到了耻辱。白帆想，你不应该用这样的目光看着你的出生之门，实际我们每一个人都是来自这里。可是，多年以后，当我们长大成人重新来面对自己的出生地的时候，为什么要用一种羞耻和仇恨的目光来对待她呢？她错在哪里？她错就错在把我们生在这个人世上。这样想着，白帆回头看了一眼那个长得一表人才白白净净的院长，那个时候，院长没敢正视他的目光，他好像做了一件见不得人的丑事把目光移到一边去了。

白帆不再看他，他对身边的麻醉师说，好了，开始吧。说完之后，他走向水池，在水池边他一边打开水龙头一边用肥皂清洗着自己的手。他在哗哗的流水声中闻到了麻醉师擦在那个老女人两腿之间的药物的气味。是新洁而灭还是洗必泰？他分不清，但那肯定不是碘酊。他知道，在口腔或者会阴部位做手术，是禁止使用碘酊进行皮肤消毒的，这一点他记得非常清楚。或许是当时他出于对“会阴”这两个字的好奇，或者是一种特别敏锐的感觉，他在这两个字下面划了一横，同“要开颅清除”那几个字一样，他在“会阴”两个字下面做了着重号。会阴是个什么样的概念呢？后来他专门为此查了辞典，会阴是指男人或女人两腿之间的区域。在当时，这两个字对他充满了神秘，当那位面目清癯的老教授用标准的普通话读出那两个字的时候，他甚至都感到有些脸红。可现在，当他面对真正的会阴部位的时候，却没有了丝毫的感觉。在已逝的时光里，他已经记不清自己在手术台上见过多少女人的会阴，年轻的女人和年老的女人，结过婚的女人或没有结过婚的女人，无论她是谁，只要来到他的手术台上，她都要把赤裸裸的身子一览无余地呈现在他的视线里。当他拿起手术刀面对人体的某个部位的时候，他就忘记了那个人，在思想里，他面对的只是某个发生了病变的生物器官，他要在这个器官上施展他的手艺，那个以前清洁完美的器官在时间的淘洗下，受到了某种污染，就像院子里那些冬青树丛上落满了灰尘。他的手术就应该像某个季节里的一场清爽的细雨把那些灰尘清除掉，使某个器官继续干净卫生地生存下去。

白帆想，是这样。这个突来的奇特的比喻使他的嘴角上溢出了掩饰不住的笑容。他面带笑容走到存放器械的柜子边，在手术柜里取出了一些消过毒的器械放在一个白色的瓷盘里，那些器械里包括一把榔头和一把金属凿。由于突来的手术，这位身体瘦弱的外科大夫不得不连器械护士的工作也做了。好在这只是给一个老女人引产，并不是严格的无菌手术。白帆面带笑容，端着装有手术器械的瓷盘来到那位已经作了局部麻醉的女人身边，他看了院长一眼，但由于光线强烈，他没有看清院长因为他的笑容而变得发青的脸。那个早晨里，在白帆端着手术器械走近院长老娘两腿之间的时候，他面部的笑容使院长产生了不容解释的误会，那笑容像一把刀在院长的心里狠狠地割了一下。而年轻的外科大夫对此却全然不知，他十分从容地来到手术台边，开始了他的工作。

白帆先把扩张器下到被手术者的阴道里，他把那个器官扩张到最大的使患者能承受的限度，在那里，他看到了胎儿的头颅。他从瓷盘里取出榔头和金属凿，他把金属凿通过那个扩张阴道的器械探到里面去，对准胎儿的头颅，然后用榔头轻轻地敲击金属凿，一下，一下，又一下，金属的撞击声和金属凿吃进胎儿头颅的声音在白帆的感觉里形成了鲜明的对比，而实际的情况是，金属的撞击声把另一种金属撞击肌肉的声音吞噬了。金属器械的撞击声在寂静的手术室里一下又一下地响起来，充满了整个白色的空间。胎儿的头颅在那声音里慢慢地被粉碎，变成粉红色的肉浆流淌下来，落到一个土黄色的塑料桶里。白帆想，在这人类的出生之门，时常会发生一些让人意想不到的变故。那些最初丑陋不堪的人们，那些最初生死未卜的人类在后来干着疯狂的勾当的时候，他们都忘记了自己是怎样来到这个世界上的，这包括文质彬彬的院长，长了一脸横肉的麻醉师和我自己。现在，白帆很认真地用金属器械敲击着胎儿的头颅，他做得残忍而又心安理得，他在院长老娘的呻吟声里不动声色地敲碎了那个胎儿的头颅，肉浆沾满了他的双手。最后他放下榔头和金属凿，取下扩张器，轻轻地把手伸到阴道里去，一用力，那个已经死掉的胎儿就从母体里滑了下来。那个胎儿像一条鱼，咚的一声掉进了土黄色的塑料桶里。他回头对站在他身边的院长说，好了，这下用不着切腹了。

院长似乎很感激地看着他，他从衣兜里摸出一团卫生纸来，给外科大夫擦着额头上的汗水，白帆在不知不觉之中已经累得满头大汗。院长那天早晨擦得很细心，他仿佛一下子回到了给白帆当助手的那些日子里，那天院长和白帆还有麻醉师一块走出手术室的时候，他还没有从那种感觉里走出来。院长细眯着眼睛，看着从屋顶后边的树枝间射过来的阳光，他叫住了白帆和麻醉师，他说，走，吃饭去，今天我请客。

麻醉师和外科大夫没有客气，他们跟着院长行走在医院的甬道上，那个时候，医院里到处都是走动的病人和身穿白大褂的护士。最后他们来到医院外边的一家小饭馆里，院长先要了两个凉菜和两瓶啤酒，院长说，不喝白酒了，一会儿还得上班。麻醉师说这就中这就中。他们一边喝一边说些无关紧要的话题。院长说，这事真让我伤脑筋，你说我咋着她？她是俺娘，她要是俺闺女，我一棍下去……

麻醉师说，别放在心里，这不都过去了？这事又没人知道，麻醉师看了白帆一眼说，我们两个不说谁会知道？

白帆应和道，就是就是，我们不说谁会知道？

院长给他们一边往杯子里泻酒一边说，你们这样说我就放心了。正说着，老板娘又上了两个热菜，才吃了两筷子，有个人过来找麻醉师。麻醉师站起来对院长和白帆说，我出去看看。麻醉师走后，院长从兜子里掏出一个表格来递给白帆，说，你回去把这表填填。

白帆说，啥表？

院长说，拔尖人才。

白帆身上突然涌过一阵热流，他说，让你操心了。

院长说，我心里有数。我在医院里靠谁？靠你。你是咱院里的台柱子。咱院里就这一个指标，是我给你争取过来的。这事儿你别对外人讲，填好交给我就是了。

白帆站起来说，那我得给你端杯酒。

院长说，咱们兄弟，谁跟谁？来，咱俩碰一杯。

说完，他们都很郑重地站起来，举起杯子。白帆说，我还有一件小事儿。

院长说，你说。

白帆说，咱院里新建的宿舍楼……

院长说，你放心，我争取给你弄一套。

白帆说，我很想改变一下目前的环境，住在老丈人家，怎样都觉得不顺气。

院长说，这你放心吧。

白帆说，那就太感谢了。说完，他们又碰了一下杯子，然后一饮而尽。他们坐下来，又等了片刻，仍不见麻醉师回来，白帆说，就这吧。院长说，中。他们就一起走出来，来到阳光里。

在户外，白帆突然感到空气格外的清新，视线里的一切都被阳光沐浴得让人感到亲切。那个上午，外科大夫不知劳累地一直待在手术室里工作，他先为一个小青年做了阴茎包皮过长手术，随后又为一个乡村女孩切除了发生病变的阑尾。

三

这天上午，白帆为那个乡村女孩成功地做了阑尾切除手术之后站在刚刚关闭的无影灯的手术室里，灰暗的光线使他以为时光已经接近了黄昏。手术室里白色的墙壁被厚重的窗帘改变了本有的色彩。白帆看着麻醉师推着患者和他的助手一起走出手术室，年轻的女器械护士才走到窗前拉开窗帘，在那一瞬间，灿烂的秋日阳光从窗子里倾泻而进，这使白帆感到了迷茫。他站在那儿注视着光线的转换，耳边仍然响着窗帘上的铁环相撞的声音。这时，年轻的女护士又拉开了第二扇窗子的窗帘，接着，她又拉开了第三个窗子上的窗帘。由于阳光的侵入，这间手术室里的白色墙壁恢复了本来的面目。有一只鸟，在窗外那棵低矮的槐树上蹦来蹦去，这引起了白帆极大的兴趣。一些有关乡村的绿色往事来到了他的记忆里，他先想起了母亲，接着，他又想起了风筝。在以往的时光里，他偶尔在南方的都市里看过一个有关民间艺术的展览之后突然意识到，自己的母亲也应该是一个了不起的民间艺术家。母亲在春日里扎起的风筝和在冬季里剪出的窗花丝毫不比那些挂在玻璃框里的东西逊色，可母亲却认为那些东西很平常，母亲没有认识到她本身的价值。但正是这些平常的东西构成了白帆快乐的童年。在白帆的记忆里，他往往是一个手扯风筝线在绿色田野里奔跑的少年，在他的记忆里满是快乐的风笛，那风笛在春天的空中发出动听的鸣叫。由于沉浸在往事里，他没有注意到那个年轻的女器械护士来到他的身后，她轻轻地帮他解开了手术衣后面的带子。她说，想啥了？

她铃铛一样的声音从他的耳边如暖气吹过，这使他感到舒服，他脱口而出，风筝。

风筝？她有些惊喜地问道，这个时候你咋会想起风筝？

他回头看了她一眼，她离他很近，他闻到了从她身上散发出来的女性特有的粉脂的香味。他曾经告诫过她，在进手术室之前应该洗掉这种东西。但这次他没有责怪她，那种气息使他仿佛看到了春天里鲜花盛开的情景。他说，是的，是风筝。随后他一边脱下手术衣一边对她说，小时候，我常常在春天来临的时候放风筝。

她欣喜地说，是吗？

是的。白帆一边走出手术室一边说，闲下来的时候，我常常能听到风筝上的风笛声。女护士跟在他身后来到了更衣室，她顺手接过他手里的手术衣放在衣架上，然后回过头来说，你还放风筝吗？

他几乎是用一种怀念的口气说，我已经有很多年头没有放过风筝了。

从什么时候开始的？女护士看着他说。

他很诚实地对她说，我没有认真想过这个问题。

上大学以后？她用一种纯净的目光看着他，还没有等他回答，她又说，还是走进这间手术室之后？

白帆思索着说，说不准，我真的没想过这个问题。他们一边说一边走出手术室，来到阳光里。秋日的阳光还很热烈，但这丝毫没有影响他们谈话的兴趣。

她说，还想放风筝吗？

白帆在甬道上站住了，他回过身来，仔细看着那个皮肤如瓷的女孩子。她今年夏季刚刚从锦城卫校毕业分配到这里，白帆喜欢这个常常提一些让他感到意外问题的女孩子，他对她铜铃一样的声音充满了好感，身体瘦弱的外科大夫在这个秋日的上午看着她情不自禁地笑了。他对她说，想，每年春天来临的时候，我都想去放风筝。

但你一直没有去，是不是？

是。

春天再来的时候，我陪你去好吗？

她的话语使他感到快乐，他答应了她的要求。他说，到时候，我亲自扎一个老大的风筝。

那个女孩高兴得几乎要跳起来，她说，太棒了！

在他们说话的时候，从前面的圆门里走进来两个男人。其中一个中年人走过来叫道，白大夫。那人说着掏出烟来递给白帆。白帆伸手挡住了，白帆说，不会抽。随后他问道，有事吗？中年人说，有事。他回身指了指身边的老头说，俺爹病了，想让你看看。

顺着中年人的目光，白帆看到了一个弯腰老人。白帆走过来说，咋啦？腰痛？

老头儿说，不是。

白帆又说，你驼背？

老头儿摇了摇头，说，也不是。

把腰直起来，直起来我看看。

老头儿的脸就红了。儿子看了女护士一眼说，不敢直。

白帆说，不敢直腰咋给他看病？来，直起腰来。

老头儿无奈，就直起腰来，可他的双手不由自主地去护腰前的裤子。白帆看到老头的裤子被一个东西顶出老远。老头儿说，它老不下去，胀得难受。

女护士也看到了老头儿支起的裤子，她的脸红了，她嘟囔了一句，说，老不正经。说完，她就闪身走了出去。白帆一直看着她的身影拐过圆门，这才看着老头儿说，脱，脱下来让我看看。

老头儿说，在这儿吗？

白帆说，就在这儿，没人看你。

老头儿就一脸的通红，他四下看看，最后走到墙边把裤子脱了下来。

老头儿没有说话，他一边往上艰难地提着裤子一边又把腰弯下去，老头儿突然蹲在地上呜呜地哭了起来，他一边哭一边说，没脸见人了，我没脸活了……

这使白帆感到意外，他回头对老头的儿子说，你爹到底是咋回事？

中年人说，前两天他起早上厕所，一不小心撞在了树上，后来，那个东西就一直硬着不下去。

白帆说，可能是碰着兴奋神经了。

中年人说，那咋弄？

白帆说，像他这种情况，得住院。

中年人说，中，只要能给俺爹看好。

白帆说，我先把他安排在病房里，然后再办个住院手续。

在白帆的安排下，那个老头儿住进了四号病室。在四号病室里，住着另外两个颅脑损伤的病人，他们一个是饥饿症患者，一个是瞌睡症患者。饥饿症患者不停地向看护他的人要吃的，而瞌睡症患者则日日夜夜地睡不醒，他们都在等待着白帆的手术。白帆陪着那个老头儿来到四号病室，老头儿一看，就不愿意住下来，他哭泣着说，我不住这儿，我要回家。老头儿的哭泣声引来了许多围观者，片刻之间，这里的许多人都知道了这个哭泣的老头儿得了一种奇怪的病。老头儿的儿子为难地说，你不住院咋弄？许多围观的人都劝他在这里住下来，老头儿无奈，只好在众人的注视下走进病房，四号病室的门口，就此再也没有断过围观的人。

医院里的四号病室，历来都住一些得了奇怪病症的患者，这在颍河镇一带，是不言而喻的，人们往往用一种神秘的口气来讲述住进四号室里的患者。可白帆却对此感觉麻木，这或许是他见过太多奇怪病症的缘故。那个上午，他心情平静地走出住院区，到医院的食堂里去吃饭。之后，他回到了外科门诊室。在中午，他常常不回家吃饭，他想趁中午这段时光躺在门诊室里的长椅上睡一觉。这样，能使他弥补一些在夜间消耗的精力和因为袁屠户而浪费的睡眠时间。在门诊室里，他一躺到长椅上，劳累就会像血液一样迅速流遍他的全身，片刻之间，他就能进入梦乡。

下午四点钟，院长来到了外科门诊，那个时候，白帆刚刚为一个病号看过病。院长把白帆叫到外边的走廊里对他说，表填好了吗？

白帆说，一直忙，还没填。

院长说，那你抓紧时间填，等着送走哩。院长朝门诊室看一下说，这会儿正好没人，你抽空去填一下。白帆说，中。可是白帆在医院里找了几个地方都不能使他单独待下去，他想了想，就向麻醉师借了他那辆半旧的车子，骑着往镇上去。

白帆骑车走在颍河镇纷乱的大街上，他看到阳光照耀着那些行迹匆忙的人们，这情景和他在黎明时分看到的相去甚远。那个刚刚过去的早晨，似乎离他十分遥远，这使他一度陷入恍惚之中。秋日里焦躁的空气使他的喉头有些发痒，路上的行人不停地和他打着招呼，于是，他不得不不停地上上下下，到最后，他干脆推着车子在大街上行走。瘦弱的外科大夫在这个镇子上普遍受到人们的尊敬，这多少弥补了一些他在其他方面所丧失的自信。

回家吗？有人这样朝他问道。

他说，是，回家。

镇上的人都知道，外科大夫继承了他岳父的遗产，这惹起了很多人的嫉妒。一个乡下孩子！外科大夫尽管受人尊敬，但仍然会有人用一种蔑视的口气谈论着身体瘦弱的白帆。那些风言风语，使白帆产生了一种如同在旅店里寄宿的感觉。在家里，那个被称为他妻子的女人不但好吃懒做，而且盛气凌人。她认为，是她给他带来了今天的一切，那个被她摆弄得零乱不堪的家，给外科大夫带来了许多烦恼。可是在每天下班之后，他又不得不回到这里，只有在万般无奈的情况下，他才会像今天这样提前回家。白帆推着车子走进大门，把车子放在院子里，然后推门走进屋里。可意外的是他在里屋的床边上看到了袁屠户，袁屠户正把柳鹅的双腿架在肩上一下一下地用力。由于那个女人的呻吟声，他们没有听到白帆走进来的脚步声。眼前的情景使外科大夫的头轰的一声炸了，他有些站立不稳，他的身子撞在了身后的盆架上，盆架上的脸盆被撞掉在了地上，发出了刺耳的声响。袁屠户回过头来看到了白帆，突然出现的白帆使他惊慌得不知所措。

柳鹅从床上坐起来，她伸手就给了袁屠户一个耳光。她骂道，龟孙家儿，你慌哩啥？连门都不关！

袁屠户一身的赘肉都在抖动，他一下子跪在了白帆面前，他朝自己的脸上扇了一个耳光说，我不是人，我不是人！他慌乱地从衣兜里摸出一把票子来递给白帆说，都给恁，都给恁，这够不够？

白帆回过神来，他从门后操起一根棍来咬牙切齿地骂道，妈那个×，我今儿个要你的命！他手里的棍还没有扬起来，柳鹅就一下子扑过来搂住了白帆，朝跪在地上的袁屠户骂道，鳖孙，还不滚！

袁屠户把钱丢在地上，爬上床，推开后墙上的窗子，逃走了。

白帆瘦弱的身体在柳鹅的怀抱里挣扎着，放开我，你放开我！

柳鹅放开他，劈手夺过他手中的木棍，说，放开你，你还能上天？

白帆愤怒地说，我打死他！

柳鹅说，你是他的对手？他一根指头就能把你戳倒。

白帆指着她的脸说，不要脸的婊子，你还有脸给我说！

柳鹅说，我咋了？有本事你把我弄得劲！你把我弄得劲，我谁也不找！

柳鹅的话把白帆噎住了，他伸手指着她的脸，气得半天说不出一个字来。

你指啥指！柳鹅说，论挣钱，人家一个杀猪的顶你几个，论有权，你不如你们的院长，夜里连你老婆都侍候不了，你还像个男人？

白帆的脸变得青紫，他两腿打颤，一下子跌坐在地上。这时，他们听到有脚步声从院子里传过来，还没有等白帆站起来，那脚步声已经响到了屋里。白帆看到了母亲，白帆的母亲看到屋里纷乱的样子立刻惊慌起来，她说，小帆，弄啥了？你和小鹅生气了？

柳鹅一看是乡下来的婆婆，就不再言语，她黑着脸站起来去收拾东西。白帆的母亲一边把白帆扶起来一边说，到底弄啥了？你给我说。

白帆看着一日比一日苍老的母亲，耳边突然响起了风笛声。那风笛从遥远的天际飘荡而来，他忍不住泪流满面。母亲看着儿子的样子不由得心疼起来，她一边用衣袖为儿子擦着眼泪一边说，小帆，到底弄啥了，你说呀。白帆有些痴呆地坐着，母亲说，你看你，过几天你三弟就要结婚了，我是过来给你说事哩，你这个样子叫我给你咋说？

柳鹅从门边走过来，她在床边拾起袁屠户丢下的钱，数了数递给婆婆说，有啥好说的，不就是要钱吗？给，拿着，都拿着！

母亲对白帆说，是因为钱生气？

白帆说，不是。

母亲说，不是因为钱生气，那我就接着了。母亲伸手接过柳鹅递过来的钱，装在衣兜里。母亲说，有啥事恁俩商量着来，别生气。你看柳鹅，这闺女多好。母亲一边说一边站起来，说，恁要是没啥事，我就回去了，家里还有好些事儿，等着我去做。

柳鹅说，让你儿子去送你。

母亲说，也中，送送我。母亲说完看着白帆说，还坐着干啥，走。

白帆只好站起来，恍恍惚惚地跟着母亲走出去。白帆一言不发地推着车子来到大街上，然后骑着车子把母亲送回乡下。说也奇怪，那天他车子骑得很稳，在苍白的黄泥路上，他没出一点错。那个晚上，他没有在老家里住下来，而是在黄昏来临的时候，又回到镇里。临回来的时候，母亲捂着自己的肚子对他说，我老是这个地方疼，就像喘不过气一样。白帆说，跟我去医院看看吧。母亲说，忙过这一阵子吧，等你三弟结了婚。他推着车子刚走了两步，又被母亲叫住了。母亲说，我安排你，好好给人家过日子。咱乡下人，在镇上安个家不容易，只要人家不嫌弃咱，到头来，那片家业不就是咱白家的吗？

白帆说，我知道。说完，他头也不回，骑上车子就往镇里赶。秋季田野里的庄稼已经成熟了，干死的叶子在夜风的吹拂下发出哗哗的声响。在一片还没有收割的豆地边白帆下了车，在地边坐下来。望着茫茫的田野，白帆突然感到了劳累，他有一种不堪重负的感觉。茫茫的田野使他感到孤独无助，他不由得一阵心酸，忍不住哭泣起来。外科大夫悲痛的哭泣声在秋日的田野里，如夜风一样地涌动。

那天夜晚，白帆在田野里坐了很久，当他重新启程时，却没有回到镇里的家中，而是去了医院，他对那个家产生了厌恶的情绪。可是，在医院里他无处可去，外科门诊室的房门已经上了锁，他记不得自己的钥匙丢在了何处。最后他来到了手术室的门边，使他感到幸运的是，手术室的门没有上锁。他想，这可能是那个年轻的器械护士一时的疏忽。他推门走进去，来到手术台前。手术台平静地躺在那里，他小心地坐上去，他想，我终日地在手术台前忙来忙去，可从来没有在这上面躺下来休息过。他这样想着，就在手术台上躺了下来，他感到那上面很舒服。外科大夫躺在手术台上，胡乱地想着一些问题，就渐渐地睡着了。

四

一个春光明媚的早晨，白帆乘上了一辆由远渐近的客车。车里全是一些出外踏青的少女，她们的脸在车厢里摇摇晃晃，如同一园子开放的鲜花。白帆在一个靠窗的位子坐了下来，他的视线里，全是一些黄色的稻田，稻田里有几个戴斗笠的农人走来走去，黑色的水牛站在池塘边喝水。这不是我终日渴望的江南水乡吗？他大声地对司机叫道，停车，停车。他的声音刚一落地，车就停下了，没想那群少女嬉笑着先他而去，等他下了车，那群少女已经化成了一群金黄的蝴蝶，在蓝天里飞舞。他独自朝水塘边走去，他想去看看那些久违的老水牛。那片池塘仿佛一面镜子，或者是天上的半轮新月，无论他怎样努力，都没法接近她。他怀疑自己是在梦中，他抬头看天，天上就涌过来一大片黑色的云。云彩来到他的头上就哗哗地下起雨来。那雨下得好大，一会儿，就淋湿了他的衣服，他感到浑身发冷。这时他听到雨中有人咳嗽就转过身，他看到袁屠户手持一把尖刀走过来。他说，你咋来了？袁屠户说，你到哪儿我都不会放过你！袁屠户亮了亮手中的尖刀说，我就是不让你安生。白帆说，你这个畜生！袁屠户恶狠狠地说，你敢骂我畜生？今天我要像杀猪一样先给你放放血！白帆一听就不由得打了一个冷战。这一抖，把白帆给抖醒了。白帆睁开眼睛，他看到了天花板上的那盏无影灯。

外科大夫静静地躺在那里，他听到屋外有沙沙的雨声。抬起头，他看到窗外的天色已经发亮。在夜间，不知道什么时候下起了雨。现在，雨和风仍在外边把一些树叶弄得哗哗啦啦地响。白帆看到雨水打在窗子上，把窗子涂得花花搭搭，那窗子给白帆一种破碎的感觉，在破碎的玻璃后面，他看到在那棵槐树下面站着一个人。他想，这人，下着雨，站在外边干什么？他从手术台上下来走到窗前，敲着窗子说，哎……

外科大夫没有听到回声，在模模糊糊的窗子前，他看到那个人站在那里一动也不动。他就打开窗子，外边的情景使他倒吸了一口凉气。他看到那个人的脖子吊在了树杈上，在飘落的雨水里，他看清是那个阴茎充血的老人。白帆三下两下蹿到门外，飞快来到四号病室。那时，老人的儿子还在熟睡之中。白帆推了推那个中年人说，快点，是你爹。

中年人一个机灵坐起来，俺爹？他四下里看了看说，俺爹哩？

白帆说，在树上，吊着哩。

中年人怔了一下，他突然站起来就往雨中跑，连鞋子都没顾上穿。可是他跑了几步又停下来，朝跟在后面的白帆问道，在哪儿？

白帆朝手术室那儿指了一下说，手术室后面。中年人就跑过去，他一边跑一边叫，爹——，俺爹——

白帆停下来，他在雨中喘息。一些打着各种颜色雨伞的人跟着那个中年人，朝手术室后面涌去。白帆被这种情景震住了，他想，这么多的人是从哪儿突然冒出来的？外科大夫正在发愣，突然听到有人叫他，他回过身来，在雨水中，外科大夫看到了院长。

院长说，你上哪儿去了？我派人到处找你。

白帆说，我哪儿也没去呀。白帆一边说一边朝前走。

院长说，看你，说着说着咋硬走呀！院长过来，把雨伞遮在他头上，雨伞就在他们的头顶上发出呼呼啦啦的声响。

白帆指了指手术室那边说，老头儿。

院长说，啥老头儿？

白帆说，他吊在树上了。白帆的话还没有说完，手术室那边就传来了一个男人的哭叫声。那哭声仿佛空中的雨水，哗哗啦啦地引来了更多的观看者。

院长说，真吊在树上了？

白帆说，那还有假，我亲眼看见的。

院长说，怕是没救了。这样吧，我找人去处理，你跟我过来，说正事儿。院长拉着白帆来到走廊里，然后把雨伞合上。院长说，孙书记和王镇长，昨天晚上就来了，我派人去找你，咋找都找不到。

白帆说，我去乡下了。

院长说，乡下也去人了。

白帆说，我又回来了。

院长说，回来上哪儿啦？

白帆说，我在手术室里。

院长说，你在手术室里干啥？

白帆说，睡觉。

院长生气了，说，你看你，书记镇长摆一桌子酒席，一直等到十点。

白帆有些受宠若惊，他说，有事儿？

院长说，镇里计划生育开始了。你知道这事儿的重要性吗？搞不好，到换届的时候一票否决。书记和镇长都急得要命，你却在手术室里睡觉。

白帆说，我咋会知道呢。

院长说，算了，今天结扎，你去准备准备吧，人一会儿就到。今天三个行政村，二十六个人。

白帆看了院长一眼，院长的面孔在潮湿的空气里仿佛一张灰纸。一些房屋和树在渐渐稠密起来的雨水里晃来晃去如同长了腿在雨中奔跑。那个男人的哭号声从手术室后边传过来，湿漉漉的越来越近，最终，中年人在一群人的拥挤下出现在白帆和院长的视线里。中年人背着他的老爹和从外边进来的一群人擦肩而过。那群人被那个男人的哭号声和他肩上的死者所吸引，他们立在雨中仔细观看。那群人披着雨衣，或打着雨伞，由于雨水的缘故，使得白帆看不清他们的面孔。那群好奇的人一直看着中年人在雨中渐行渐远，其中一个人说，这不是柳庄的柳毛吗，他爹咋了？

另一个人说，鸡巴硬。七八十了，鸡巴还硬，下都下不去，自己觉得没脸见人，就上吊了。那人说完，一群人就哈哈地大笑起来。正笑着，有两个身披雨衣的人看到了黄院长。于是他们就走过来，其中一个矮子说，院长，俺的人来了，啥时候开始？

院长说，齐了就开始。他对身边的白帆说，开始吧，早开始早结束。

那群人就过来，拥着白帆在雨水里往手术室走。在手术室门口，麻醉师拦住了那帮人。麻醉师说，都过去咋办？乱糟糟的！

披雨衣的矮子说，去，都到门诊室里等着。说完他挥了一下手，又说，叫着谁谁来！

来到更衣室里，麻醉师对白帆说，你昨天去哪儿了？我到处找你。

白帆说，又是你去的？说完他把褂子挂在衣架上，或许是他心不在焉，衣服没挂好掉在了地上。白帆拾起来，抖了抖，没想一张折叠的纸从衣兜里掉了出来，在空中像小鸟一样拽了两下滑落在了麻醉师的脚下。麻醉师弯腰从地上捡起那张纸，说，这是啥？

白帆说，不知道。白帆已经记不起来那是一张什么样的纸了。

麻醉师说，给谁的情书？

白帆笑了，他说，你。

麻醉师说，给我写的情书？那我就看了。他一边说一边展开那张纸，他看了一眼就笑了。他说，这个婊子养的！他把那张纸还给白帆说，你被人当猴耍了。

白帆接过那张纸，看到那是院长让他填的表格。外科大夫迷惑地看着麻醉师，你说这话是啥意思？

麻醉师说，这表格谁让你填的？

白帆说，院长。

麻醉师说，院长对你说，表格就这一张，特地为你争取过来的，是不是？

白帆说，你怎么知道？

麻醉师不理他，继续问道，他还不让你告诉别人，对不对？白帆怔怔地看着他。麻醉师又说，因为他也是这样对我说的，这个婊子养的！昨天晚上我往县里打电话，我表弟告诉我，咱县的科技拔尖人才已经定了，你说咱院里是谁？

白帆说，谁？

麻醉师咬牙切齿地说，黄文斌！

白帆感到意外，他自己？

麻醉师笑了一下说，这下你明白了吧？他们正说着，院长走了进来。麻醉师一看是院长，转身走进了手术室。由于院长的到来，白帆手中的那张表格再次滑落在地。院长看了白帆一眼，弯腰从地上拾起那张纸，院长的脸色变得如同屋里的光线一样暗淡。他用手指弹了弹那张纸，那张有些潮湿的纸片在空中发出了一种近似风吹枯叶的声音。然后，他叠了叠，装进了衣兜里。院长说，你这人，真是，咋给你说的？

随后院长用命令的口气说，开始吧，这可是政治任务！

白帆就糊里糊涂地上了手术台。手术台上的无影灯把他照得满头大汗，站在夜里他躺过的手术台前，一直给那些从乡下赶来的男人们做输精管结扎手术。麻醉师一次又一次地给那些身带泥土气息，双腿间散发着汗腥味的乡间男人刮去阴毛，清洗会阴部位，往阴茎上注射麻醉药液。白帆一次次地切断那些壮汉们的输精管，然后扎住。上午晚些时候，突然上来了一位女人，女人的结扎手术要比男扎复杂得多，这要切开女人的小腹。麻醉师疲倦地伸了一下懒腰，他嘴里嘟囔了一句，这个婊子养的。那天上午，麻醉师的话使白帆再次想起了院长。在沙沙的秋雨里，外科大夫的肚子突然有些发胀，他感到肚子里有东西一直在往下坠。可是面对刚刚切开的女人的肚子，他又没法离开，他的肚里越来越沉，最后他实在忍不住，一泡稀屎就拉在了裤裆里。那泡稀屎的热臭气息，片刻就布满了整个手术室的空间。在那臭气里，外科大夫感到双腿都在打颤。在无影灯下，外科大夫大汗淋漓，器械护士掏出手帕，一次又一次地给他擦汗，白帆就那样站着，直到他为那个女人缝完最后一针。

那天上午，白帆清洗完自己身上的脏物换了一条裤子之后，感到自己的骨头就要散架了，他突然有一种强烈的想躺下来休息的愿望。当人们离去之后，他就在堆满手术衣的长椅上躺下来，那些布满血迹的手术衣在渐渐沉睡下来的白帆身下散发着血腥气。手术室里慢慢地沉静下来，只有白帆微弱的呼吸声像一只秋后的蚊子在无力地飞行。窗外的秋雨在他的睡梦里没完没了地下着，那天他睡着之后，梦见了那个阴茎充血的老人。白帆看到他赤条条地站在他的面前双手握着自己的生殖器。白帆说，你不是走了吗?

老头儿说，我上哪儿去?你看它一直不下去，我胀得难受。一群女护士站在他的身后指着老头儿嘻嘻地发笑，白帆回过头来对她们说，这有什么好笑?他只不过是得了一种病。

老头儿在白帆的面前跪了下来说，大夫，求求你，给我做了吧，我真的没脸见人了。白帆说，那好吧。白帆说完，就领着那个老头儿走进了手术室。在他的面前，是一条长长的走廊，那走廊好像没有尽头，白帆一直沿着长长的走廊行走，他走得好累好累，却怎么也走不到头。走廊的两边没有窗子，自然的风光和季节的变换离他十分遥远，在灰红的灯光里，他不知道自己身处何地。在一块镜子面前，他看到自己变成了一个白发苍苍的老者，他赤身裸体，他的阴茎在他的双腿之间不停地膨胀，那阴茎越来越大，最后充满了长长的走廊。

五

白帆在睡梦里感到耳朵发疼，睁开眼睛，就看到了妻子柳鹅。柳鹅一边拧着他的耳朵一边指着他的脸说，好呀，你个鳖孙，家也不要了，躲到这儿来睡了！

白帆说，放开手。

放开手？你光想哩，走！柳鹅拧着白帆的耳朵，拉着他就往外走。

外边的雨不知道啥时候停了，医院里的许多人在那个空气潮湿的上午，都看到了瘦弱的外科大夫被他肥胖的妻子拧着耳朵拉着往外走，白帆弯着腰，小跑着跟在柳鹅的屁股后面，他一边用手护着自己的耳朵一边说，放开我，放开我……

柳鹅不理他，只管拧着他的耳朵在众目睽睽之下往外走。这时，一个身穿白大褂的医生拦住了她，说，放开他，有啥事不好说？

柳鹅说，放开他？没那么便宜。家里的房子漏得哗哗淌，他管都不管，躺在这里睡大觉。说完，拉着又走。这时院长走过来，院长说，放开他，下午还有工作。

工作？柳鹅说，有工作看着俺了，有好处咋没有看着俺？说完，拉着又走。

院长又要拦，柳鹅说，谁拦我，我日他娘！院长的脸一红，就让开了。柳鹅拉着白帆又走。就这样，她拎着白帆的耳朵穿过镇子回到家里。柳鹅咚的一下上了门，抱起白帆，把他丢到床上。

白帆一手捂着耳朵一边看着屋顶说，哪儿漏了？

柳鹅说，哪也不漏，恁老娘的裤裆漏了！说完过来，三下两下就剥了白帆的衣服，接着，她那一身白白的肥肉就压上去。白帆可怜巴巴地躺在她的身下，任她怎样摆弄也强壮不起来。白帆颤抖着说，我不中了，我不中了……

柳鹅说，鳖孙，啥不中了？你来。说着，就把他的手拉到她的腿间，另一只胳膊揽住他的头，把一个乳头摁到他嘴里。白帆像个婴儿缩在柳鹅的怀里，用手用嘴侍候着她，片刻，她的身子就扭成一团，嘴里不停地哼叫着。她的哼叫声像针一样刺着白帆的心，这让他无比的痛苦，外科大夫突然像个孩子坐在那里哭泣起来。他的哭泣声，把她从快乐里拖出来，她一个耳光扇在白帆的脸上，说，哭，好好的哭个啥？

白帆不但没有停住，他哭得更伤心，他哭得泪水涟涟。这下可把柳鹅给吓住了，她搂着白帆说，你看你，不是给你玩的吗，你哭啥哭？跟死了老娘似的。

白帆说，柳鹅……

柳鹅说，弄啥，你说？

白帆一边擦着鼻涕一边说，我不中了……

柳鹅说，这是啥话，好好的，咋不中了？

白帆说，硬不起来了。

柳鹅笑了，她说，笨蛋！我想啥事呢，年轻轻的，多吃些东西，多睡几觉，就过来了。你别伤心，往后我不找别人还不中？柳鹅一边给他穿衣服一边说，看你，真像个孩子。起来，好好吃饭，我给你弄肉，好好地吃一顿，休息休息就过来了。

柳鹅说着，就从柜子里端出来一盘猪杂碎，她说，吃吧，吃了就好了。

白帆看着那些油汪汪的猪杂碎，突然想起了袁屠户。他说，这肉从哪儿弄的？

柳鹅说，你问从哪儿弄的干啥？是肉就香。说着，自己倒先拿起半个猪耳朵吃起来。这时，袁屠户劈猪头的声音从窗子外边传进来，嚓——嚓——油亮的砍刀把带血丝的骨头劈得四处飞溅。柳鹅拿起一块肉塞到白帆手里，她一边嚼着一边说，吃吧，吃了就好了。

白帆闻到猪肉的香气就想呕吐，可是柳鹅却把一块猪肉塞进他嘴里，柳鹅一边塞一边骂道，鳖孙，吃呀，不吃啥时候会好？

猪肉的香味像一只手塞到白帆的胃里去，这使白帆感到恶心，有一股热酸的东西从他的嘴里喷射出来，他蹲在地上，想把胃里的东西都掏出来。外科大夫呕吐着，脑海里却奇怪地闪现出一些人体的器官来，他时常要把那些器官切开。肌肉，大肠，盲肠，胃，头颅，等等。那些东西现在仿佛变成一筐子煮熟的食物放在他的面前，呼呼地冒着热气。这种想象使他感到更加恶心，他不停地呕吐，连胆汁都快给吐出来了，他吐得面色蜡黄，像一个接近死亡的人。

这个时候，后墙上的窗子突然被拉开了，他听到袁屠户说，咋啦？

柳鹅说，吐哩，一吃肉就吐。

屠户嘲笑道，不能吃肉，还算个男人？

白帆猛地站起来，由于头晕他险些跌倒，他挣扎着抬起手指着屠户的脸说，滚！他转身端起那盘猪杂碎朝袁屠户砸去，可惜他没有力气，那盘东西没有飞到窗前，就掉在了床上。柳鹅一边叫着一边爬上床，把肉捡起来，她指着白帆的鼻子说，你不想叫老娘吃了是不是？有本事你给我钱！

面前的情景使白帆感到绝望，他又蹲在地上哭泣起来，他的哭泣声像一株在寒风里摇摆的柳树，他难受的样子，使柳鹅都动了心，她把他抱起来，像哄孩子一样哄着他。柳鹅说，哭啥哭，真不像男人。白帆的身子在她的怀里缩成一团，白帆说，我怕。

柳鹅说，在自己家里，你怕个啥？

白帆指着窗子说，我怕他夜里掂着刀子过来……

柳鹅说，他反哩！说着，她自己的后背也有些凉飕飕的。

白帆哀求着说，咱把窗子堵上吧？

柳鹅说，堵上就不怕了？

白帆说，好一点。

好一点咱就堵。柳鹅说，说实话，我也有点怕。

白帆说，你怕个啥？

柳鹅说，屠户的鸡巴上有个疙瘩，还淌脓，我怕他有病。要不，你先给我看看吧。说着，她就脱下裤子让白帆看。在她的双腿间，白帆闻到了一股子腥臭。白帆说，你染上病了。

柳鹅一脸的恐惧，她叫道，你得赶紧给我治呀。

白帆说，治病好说，咱得先把窗子堵上。

柳鹅说，堵窗子容易。她站起来，三下五去二就把屋子收拾了，接着她出去喊了两个泥水匠，两个小时没过，就把窗子给堵上了。晚上白帆回来，给她弄了几包中药，放在药罐里熬，然后连喝带洗，一连七天，才除去那里的腥臭。到了第八天夜里，在柳鹅的引诱下，白帆无论怎样努力也不能使自己更像一个男人。他哭着对她说，我不中了，我一点都硬不起来了。柳鹅说，这咋弄？都年轻轻的，这事儿跟吃饭干活一样，不能干这事儿，人活着还有啥意思？

白帆擦一把眼泪说，你不就是想快活吗，我叫你快活就是了。于是，他就使尽了全身的解数，想法使她快活。一到晚上，柳鹅就躺在那里对他叫。一到那个时候，白帆就想扑过去一下子掐死她，可他没那个勇气，他真的像一条狗，在她的生活里走来走去。有一天，他痴呆地坐在门诊室里望着外边的阳光发呆，脑海里突然产生了一个古怪的念头，他想，要是太阳永远不落那该有多好呀，他开始惧怕黑夜的来临。他一边想一边自言自语地说，要是太阳不落，那该有多好呀。

年轻的女器械护士停下手中的毛线活儿说，那不可能，天总会黑的。

白帆说，要是不黑有多好，那样我就可以不回家了。

多情的女护士看他一眼说，你不想回家？

白帆说，我不想回家。白帆惧怕黑夜的降临，就是惧怕回家。一到天黑他就会忍不住哆嗦起来。他喃喃自语地说，我不想回家。

女护士错误地认为这是年轻有为的外科大夫对她的暗示，或者是一种情感的表达，她激动地把打了半截的毛衣搭在白帆身上量着大小。她说，这样的颜色你喜欢吗？

白帆握着她的手，像一个孩子看着她说，我真的不想回家。

女护士说，不想回家还不容易，医院里的住宅楼不是盖好了吗，你去要一套，不就有自己的家了吗？在那个阳光灿烂的下午，女护士的话提醒了外科大夫，随后，白帆找到了院长。那个时候，院长正躺在沙发上挖耳屎，他一看是白帆，脸色就变得一片阴暗。院长说，我正要找人去叫你。

白帆说，有事吗？

院长说，我问你，俺娘那事儿，你都给谁说了？

白帆说，啥事？

院长说，你忘了？那事就你跟麻醉师知道。

白帆还是想不起来院长说的是啥事，那些日子闯进他脑海里的事儿实在太多了。看白帆不明白，院长又提醒道，你给俺娘做手术的事儿。

白帆这才想起来，但在他的感觉里，那事儿似乎离他已经十分遥远，他恍惚地记得，有过这么一个手术。在这期间，他已经做过大量的手术，大量的手术把他的记忆给搅乱了。白帆说，那咋了？

院长生气地说，你都给谁说了？

白帆说，没有呀，谁也没有。

院长说，没说？没说外边的人咋都知道了？传得满城风雨，让我都没脸出门了。

白帆想了想又说，我真的没给谁说过。

院长说，你再仔细想想，比如你老婆？

白帆摇摇头说，没有。

没有？院长不相信，仍用审问的口气逼问道，你知道这事儿是谁讲的？

白帆说，谁？

院长恶狠狠地一字一句地说，袁屠户！袁屠户离谁家最近？离你家最近，恁两家只隔了一道窗子！

听了这话，白帆就心虚起来，他不敢去看院长，但他仍旧坚持说，我真的没有说。

院长叹了一口气，他站起来很大度地拍了拍白帆的肩膀说，说不说我心里有数，我还不知道你？你自己掏良心说，我待你怎样？你掏良心说。

白帆就更加心虚，他仿佛真的做了对不起院长的事儿，他的脸刷的一下就红了，他有些内疚地说，院长……

院长又拍了拍他的肩膀，安慰道，你是咱院里的技术骨干，啥事我还不为你想？就说房子的事吧，为了你，一圈子人我都得罪了。

白帆说，房子分过了？

院长说，分过了。

白帆迫切地问道，有我的吗？

你呀，你咋弄的事儿？院长说，一圈人都在咬你，说你镇上有房子，住都住不完，说你得了片宅子，没掏一分钱，说你进院的时间短，咋排都排不上。人家都这样说，别说我，让你自己说，咋弄？院长还没等白帆说话，自己又叹口气说，下次吧，下一次。再说，那房子谁住谁得交钱，眼下，你能拿出钱来吗？

院长看白帆坐在那里不言语，就说，好了好了，今天咱不说这烦人的事儿，走，咱到馆子里喝酒去，解解闷！说完，他拉着白帆就往外走。在大门口，他们碰到了麻醉师。麻醉师这回分了一套房子，正高兴，就说，今天客我请。三个人就来到饭馆里，要了几个凉菜。可是白帆一看见桌上的肉就想吐，他说，给我烧个豆腐吧。

麻醉师说，咋了，过斋哩？

白帆说，不是不是，不能吃肉，也不能喝酒。

麻醉师说，随你便。说完，就陪着院长喝酒，他们一直喝到十点钟，眼看着二斤大曲就要喝完了，麻醉师还不放过。院长站起来说，不，不，不喝了……

麻醉师说，壶下酒，喝完散场。

院长说，我一点都不能喝了，说着站起来，扶着桌子往外走。

白帆说，能走吗？

院长说，没事。可是还没走到门口，他就像个木桩跌倒下去，咚的一下，头撞在了墙壁上，躺在地上不动了。他们过来一看，院长满脸是血，这下可吓坏了饭馆里的老板，他忙叫人把院长抬回去。谁知第二天，就传来了院长昏迷不醒的消息。白帆想，可能是把大脑撞出了毛病。过了两天，院长渐渐清醒过来，却得了个偏瘫。通过颅骨钻孔诊断，白帆确诊为积血压迫了院长的中枢神经。

六

这年的深秋，身体瘦弱的外科大夫给院长做了颅内血肿的开颅清除手术。

最初，院长偏瘫的消息如同那年的最后一场秋雨，很快浸透了医院和颍河镇里的角角落落，各种各样的有关院长的传闻和闲言碎语像风一样在空气中传播，而外科大夫却对此不闻不问，那些话语真的像风从他的耳边吹过，没有给他留下一点记忆，因为那个时候，他正在全心全意地投入使院长恢复健康的工作当中。在院长昏迷的时候，他突然有一种失去方向和依靠的感觉，面对杂乱无章的医院，他有些迷茫。他在心里这样想，没有领导真不中，没人管也真不中。外科大夫深深地为没有人来管自己而感到恐慌。

在家里，是妻子来管他，就连做爱这样的家务事，也取决于妻子的心情。那个庸俗透顶的女人用最庸俗的手法消解了他自由思考的能力，他成了她的某种器官快活的工具，这就最大限度地导致了外科大夫的奴性。她的行为，使这个丧失了性功能的瘦小的男人意识到，他就是某种工具，只有这样，他才不至于失去那个使他一到天黑就感到恐惧的家。在外部生活里，外科大夫把这种奴性深刻地表现出来。

在医院里，他像畏惧黑夜一样畏惧权势。他觉得，自己只不过是院长手中的一张牌，一张黑桃三或者方块四。现在到处都在实行院长责任制，院长就是这里的一家之主。他往往有一种随时都会被解聘的危机感。他热爱他的手术室，他想，我只有这么一点点技术，假如我的某些不慎行为在某些方面使院长烦恼，院长要是在一气之下像清除颅内血肿一样清除了我，到那时，我该怎么办？那样，我就会失去我可爱的手术室。他想，好在现在院长很器重我，所以我不能没有院长。他还这样设想：假如现在要是换一个院长，那么我的处境将是一个什么样子呢？他深深地为自己以后的生活和前途感到忧虑，并为此而惶惶不可终日。他想，既然这样，还不如我现在用心地给院长治病，院长的病好了，仍旧是他的院长。他这样想着，心里就感觉到好受一些。于是，他就像在床上侍候柳鹅一样尽心尽力地为院长治病。他在院长卧床的第四天，就给他做了颅骨钻孔诊断，接着他又运用了超声波、脑电图、脑血管造影等诊断手段，来给院长确诊。最后他对哭哭啼啼的院长老婆说，像这样的情况，原则上都要开颅清血。说完之后，他立刻想起了那位面目清癯的老教授。

最终，在那年深秋里，白帆给院长做了开颅清除血肿的手术。院长的手术是那天上午九点钟开始的。在这之前，白帆和麻醉师做了细致的准备工作。近日来，麻醉师很为自己的行为感到内疚。他暗自以为，是那天夜晚的饮酒才导致了院长今天的后果。现在面对院长的头颅，他把以往和院长的某些过节都抛在了脑后，他真心实意地想使这个手术做成功，这样多少可以减轻一些他心里的负担。麻醉师细心地剃去院长的头发，用碘酊为那颗头颅清灭皮肤上的细菌，他用局部浸润的麻醉方法完成了最后的工作。做完这些之后，他看了一眼身体瘦弱脸色有些苍白的外科大夫。

外科大夫站在手术台前，突然想起了多年前他第一次走进手术室的情景，那个时候，面对切开的肌肉所喷出的鲜血他突然哆嗦起来，他像病人一样瘫倒在地。可是现在，他再也不会有丝毫的惊慌，在他看来，院长的头颅只不过是一个人体器官，一个发生了病变的物体。现在，不是别人，正是他来使这个器官恢复健康。只有到了这个时候，外科大夫做人的自信才完全被释放出来。他想，这头颅不就是一个器官吗？每一个人都长着这样一个器官，这有什么可怕的呢？谁能在明亮的无影灯下把这个头颅打开？在这里，还有谁有这样的能力？没有！他想，只有我！

白帆站在无影灯下拿起手术刀，他就要切开这个表面看上去完好无损而内部发生了病变的头颅。他的手术刀慢慢地走动，他听到了皮肤被切开的声音。他看到了在手术刀走过的地方立刻涌出了鲜血。他毫不犹豫地把院长的头皮剥开，他听到带血的头皮和颅骨分离的声音，那声音使他想起了一片茂盛的桑林。桑林里有无数的桑蚕在嚓嚓地吃着叶子，那片被春天的细雨清洗得一片新绿的桑林呀！那嚓嚓如同春雨里蚕吃桑叶的声音呀！白帆在春蚕吞食桑叶的声音里剥下了院长的一些头皮，接着，他戴着无菌手套的手触到了一层坚硬的东西。他的助手帮他止血，清除上面的血迹。随后，他看到了白森森的颅骨。啊，颅骨！这使他刻骨铭心的颅骨！在那片无垠的黄土地上，他幼小的身子在烈日下不停地晃动，他在用一把铁锨翻动土地，那颗在地下不知埋藏了多少年的颅骨被挖出来的时候，他的头发都被吓得惊颤起来。在寂静的田野里，在炎炎的烈日之下，他蹲在地上小心翼翼地捧起那个已经发黄的颅骨。他想，这是谁的头颅呢？他拿起那把手摇钻放到那片雪白的颅骨上轻轻地用力，开始在那颅骨上打孔。他要在这颗颅骨上钻出一个个小孔，这是他打开颅骨的手段之一。他想，这是谁的颅骨呢？阳光似乎离他十分遥远，黄色的土地也莽莽无垠。金属钻头像老鼠的牙齿啃着坚硬的木头，咯吱咯吱，一些带血的骨头碎片被钻头吐出来，那些圆孔一个挨一个，最后形成了一个圈。他放下钻头拿起一把钳子。他把尖嘴钳子插进小孔里，他在用力，他把白森森的颅骨一片片地用力掰下来。那是谁的颅骨呢？他想。他掰断颅骨的声音是那样的清晰，周围的人都屏着气，麻醉师、他的助手、他的第二个助手、器械护士、巡回护士，他们看着他把院长的颅骨一块一块地掰下来。在啪啪作响的颅骨断裂的声音里，白帆突然觉得自己是那样的残忍，这一闪念的感觉，使他倒吸了一口凉气，他的目光也立刻变得冰冷无情。他不知道这是谁的颅骨，但他知道每个人都有这样一个颅骨，这包括他自己。他不知道，在许多年后他的颅骨能不能被一个劳动者从深深的黄土里挖出来，重新晾在阳光下，他也不知道自己有一天会不会像这个人一样躺在手术台上，让别人来切开他的头颅，他不知道。那么这是谁的头颅呢？他想，无论是谁的头颅，现在他都要打碎它，一下，一下，又一下……最终，他在那颅骨上打出了一个洞。在他清除完破碎的骨片之后，他找到了那片压迫中枢神经的积血。望着那片暗红色的凝固体，白帆的心胸似乎一下子开阔起来，这使他想到了茫茫的雪原和世纪不变的冰山，从那冰川里渗透出来的气息迅速流遍了他身上的每一根毛细血管。白帆从此变成了一个冰冷如铁的人。

现在，外科大夫走在大街上，他冰冷的目光能剥去在他面前行走的任何一个人的衣服，那些他熟悉的男人和女人。院长、麻醉师、袁屠户、年轻的女器械护士，等等，那些人一旦走进他的视线，他就能把他们肢解。在他的眼里，那些人一会儿是一架骨头在行走，一会儿是一身肌肉在行走。那些人的心脏，在他眼里一紧一缩地跳动。血液如渠水一样在血管里流淌。那些被咀嚼之后变得破碎的绿色食物，在肠道里如粪便一样滑动。一些细小的精液聚集在睾丸里蠢蠢欲动。还有那些悬挂的五脏六腑，没有依靠滚来滚去的眼球……现在，他像机械师熟悉机器的每一个零件一样熟悉人体了。当一个人躺在手术台上，他看到的不再是一个人，而是一台机器。面对人体的某个器官，他就像看到了某台机器的零件，他可以熟练把某个器官打开，把病变的部分切除，然后再放进去。现在，他的技术比袁屠户杀猪剔骨头都要熟练。有一次，袁屠户当着他的面，在众目睽睽之下肆无忌惮地表演着他肢解猪体的能耐，而后他对白帆说，我这手艺比你的怎样？

白帆冷冷地看他一眼说，你要是躺在手术台上，你要啥，我就能给你取啥。要心能取心，要肝能取肝，你信不信？

袁屠户听完外科大夫的话吓得目瞪口呆，站在那里没敢动。

白帆说，我不用一个小时，就能剔净你身上的骨头，你信不信？

袁屠户再也不敢看外科大夫的眼睛，他的手一哆嗦，砍刀就掉在了地上，他呆呆地看着白帆瘦小的身体在开始暗淡下来的光线里慢慢地走远。后来的某一天，袁屠户叉拉着腿来到了颍河镇医院，他找到白帆，乞求他给他治疗生殖器上的疾病。屠户的阴茎上长了一个肿瘤，肿瘤里分泌出一种黄脓一样的液体，发出阵阵的恶臭，他的阴茎上已经出现了如同菜花一样的溃烂物。屠户说，我已经有好多日子没有碰过女人了。

外科大夫说，恐怕你这一辈子也碰不上了。

屠户说，求求你，给我治治吧。

外科大夫说，知道你这是啥病吗？

屠户说，不知道。

外科大夫说，阴茎癌。

屠户一听就哭叫起来，求你了，给我治治吧。

外科大夫说，你要命，还是要女人？

屠户说，两样我都要。

外科大夫冷冰冰地说，不行！要女人不要命，要命不要女人，你只能选择其中之一。

屠户无奈地说，那就要命吧。

那年第一场大雪来临的时候，身体瘦弱的外科大夫为袁屠户做了阴茎切除手术，他的尿道移到了会阴部的右侧。肥胖的屠户再也不能站着排尿，他像个女人一样，大小便都得蹲在地上，屠户变成了一个没有欲望或者叫作丧失欲望的人。而院长在那次手术之后，由于大量的输血，使他一改过去的文质彬彬，他变成了一个性情暴躁的人。而在这段时间里，白帆的妻子得了一种腿疼病，她行走不便，但一到夜晚，她仍旧不停地对白帆喊叫，用舌头，用舌头……

这年冬季来临的时候，外科大夫家里的灾难一个又一个接踵而来。先是他的母亲得了肠梗阻。在手术台上，面对母亲切开的腹部，他突然显得有些束手无策。从母亲的血管里喷出的鲜血射到了雪白的天花板上，他的助手用高频电刀为她止血，他在肌肉烧焦的气息里，看到了母亲被打开的腹部。白帆这时突然想到，三十六年前，我就是在这里被孕育成人的吗？最初，我也是一对微小的精子和卵子的结合体吗？我丑陋的身体，就是在这里待了十个月吗？是的！现在，在无影灯下，他把它打开了。他想，这就是我待过的地方吗？是的，白帆想，是我待过的地方，是所有人待过的地方！我们世间的每一个人，都在这个黑暗而温暖的地方待过，是它给了我们生命。白帆想，这不是那片辽阔而富饶的土地吗？这不是那片埋葬了颅骨也孕育了生命的土地吗？他出生在这里，如今他又在这里翻耕。白帆毫无表情地站在手术台前，他想，这是谁待过的地方呢？他一边这样想，一边从腹部里掏出那堆大肠和小肠，把那些蠕动的肠子放进一个塑料盆里，他用手过滤着那肠子，他要在那肠子上找出病变的部位，然后再把它切除掉。

那个初冬的上午，当白帆在母亲的肚子上缝合了最后一针之后，他走出了手术室。他在更衣室里脱去手术衣之后就扬长而去，他忘记了躺在手术台上的是他的母亲。他漫无目标地在初冬的黄昏里行走，目中的一切毫无生命色彩，脚下的土地，在冬天的气温下正慢慢地变得沉默，快乐的鸟儿都飞到南方去了，连西天那片红色的晚霞也让人感到寒冷已经来临。

接下来，是他的妻子柳鹅。柳鹅的腿疼最终确诊是一种骨巨细胞瘤，那个恶性的细胞肿瘤生长在股骨的骨骺端。在冬日的阳光下，外科大夫拿着从柳鹅腿上拍出的片子对他的助手说，这样的情况得截肢。于是，在一个阳光很好的上午，白帆切开了一个女人腿上的皮肤和肌肉，露出了森森的白骨。可是由于麻醉师的缺席，白帆忽略了麻醉这种能减轻病人痛苦的手段，柳鹅痛苦的号叫声几乎要冲破手术室的房顶。在无影灯下，白帆拿起了一把锯，他要用锯一下一下地锯掉那根股骨。

金属锯吃进骨头的声音，突然变得十分刺耳，白帆每锯一下，头皮就要麻一下，他每锯一下，柳鹅就会发出鬼一样的喊叫声，那声音使他难以忍受，每锯一下，他的头就会像锥子钻的一样疼一下，他的头颅都要炸裂了。由于柳鹅的号叫，手术变得漫长而艰苦，汗水湿透了外科大夫的衣服。锯子锯骨头的声音和柳鹅鬼一样的号叫声浸透了他的每一个毛孔，白帆感到自己的每一根血管都要爆裂了，他变得像一头关在笼子里的困兽，当手术完成之后，白帆就瘫倒在地。

年轻的女器械护士把他扶出手术室，然而，白帆的耳边仍旧响着锯子锯骨头的声音，响着柳鹅的号叫声。他挣扎着往前跑，但那混杂的声音紧紧地追着他。在医院的通道上，由于匆忙他撞了正提着水瓶走过来的黄院长，院长手中的水瓶像一颗炸弹掉在地上爆裂了。院长愤怒地指着他的脸说，慌啥，慌得像去投胎一样！院长的吼叫声和水瓶爆裂的声音化成了锯子锯骨头的声音刺着他的太阳穴，这使他疼痛难忍，外科大夫双手抱着自己的头颅逃走了。

在镇上，白帆遇见了正在卖卤肉的袁屠户。袁屠户洪亮的叫卖声在颍河镇的街道上传荡，那叫卖声也化成了锯子锯骨头的声音来刺他的头。在白帆的听觉里，一切声音都化成了锯子锯骨头的声音，他每到一处，那锯骨头的声音就会不停地响起来，狠狠地刺着他的头，刺着他的每一根神经，使他一刻也得不到安静。到后来，那声音干脆钻进了他的脑袋里，那声音变成了一把锯，一下又一下地锯着他的头骨，这使他痛不欲生。他双手抱着自己的头漫无边际地在道路和田野上奔跑，可是，他始终都不能摆脱那把锯子对他的折磨。他一边跑一边想，我的头就要炸了，我的头就要炸了！他再也承受不住那声音对他的折磨了！

那天晚上，身体瘦弱的外科大夫痛苦不堪地搂着自己的头回到了医院的手术室。他想找一个清静的地方，他想躲开世上的一切声音。可是，在手术室里，仍旧有风在窗子外边呼呼地摇动着树枝，最后他实在不能忍受，就来到了器械柜前。在无影灯下，他想找一把手术刀切断自己的血管。可是器械柜里的器械都被器械护士拿去消毒了，他只在一个铝盒里找到了一根针管。这时他突然想到了麻醉，他想，或许麻醉这种方法能使他失去痛苦的感觉，这使他欣喜若狂。他在麻醉师的柜子里找到了一些安定药液，他打开玻璃瓶口，然后把药液抽到针管里。在做这一切的时候，他的手颤抖不止。最后外科大夫把针头刺进自己左边的脖颈里，他用力把针管里的药液推进去，然后拔掉了针头。

接着，外科大夫在手术台上躺了下来，外部肮脏和纷乱的世界在他的感觉里慢慢地退了出去，如那群南去的大雁一样，在辽阔的天空里越飞越远。

讨债者

讨债者怀着阴郁的心情接近颍河的时候，那场蓄谋已久的大雪已经下得纷纷扬扬。讨债者忧心忡忡地立在河岸上，看到对岸有一些高高低低呈各种走向的房屋默默地蹲在飘雪里，他不由得对面前这条流淌着像酱油一样的河流产生了怀疑。这就是颍河吗？讨债者过去曾经许多次造访颍河镇，可他每次都是从北路进入镇子的腹部，由于生意上的种种杂事他一次都没有来到过这条河边。夏季或者秋季里的傍晚，是他每每在镇子里闲逛的时光，他曾经产生过到河边看一看的想法，但这种想法都被一些意外的事情所冲淡。现在当他真的面对这条河流的时候，却对自己的到达心存疑虑。这就是颍河吗？他又一次在心里朝自己问道。北风迎面吹过来打在他的脸上，一些雪花企图钻进他的脖子里去，但都被他竖起的衣领挡住了。这就是颍河。他拉了一下帽檐这样鼓励自己说，然后小心翼翼地走下河道。在河道里，他看到一些船停靠在码头边，船上已经落满了积雪，如同一些僵尸抛在水里。在船上，讨债者没有看到一个人，这种情景的出现使讨债者有些慌乱而茫然，他如同来到一个梦境里，不知所措地立在岸边望着如同他脸色一样灰暗的河流。

喂，过河吗？

这时讨债者突然听到一个声音，他回头朝码头的引道观望，但除了飘飘扬扬的大雪和一些杂乱的树丛他什么也没看到。讨债者想，这声音来自哪里？

问你啦，过河吗？

从声音判断这是一个男人，男人的声音意外地从河道里传来，讨债者又转回头朝河道里观看。讨债者看到一个身穿雨衣的人从船头舱里爬出来，由于雨衣的缘故，他没有看清那个人的脸。那个人一边用脚驱着船板上的积雪一边说，你是哑巴吗，为啥不说话？

讨债者终于明白这个人就是摆渡者。摆渡者一边把船板弄得呱咚呱咚地发出声响一边又说，你这熊人，聋子吗？不过我就下去了。

讨债者有些惊慌，他迭声地说道，过过过，咋不过。

摆渡者说，过还不上船来。

讨债者有些内疚地战战兢兢地沿着跳板上了渡船，但摆渡者却又跳到渡船边上的一条小船上去，他一边探着身子解着系在大船上的缆绳一边对讨债者说，下来，就你一个熊人，值不得开机器。

讨债者愣了一下就按摆渡者的吩咐下到小船上。小船在河水里晃动，讨债者有些害怕，就急忙蹲到船舱里去，他伸手抓住两边的船舷，才有些放心。他蹲在那里看到如酱的水面离他更近了，他看到那些飘扬的雪花一落到河水里就无声无息地消失了。讨债者抬起头，在不远处的河道里有几只水鸟在水面上漂漂浮浮。这时摆渡者解开了缆绳，他一只胳膊摁在船帮上一用力小船就离开了，摆渡者一边摇着船桨一边对讨债者说，下着雪过河干啥去？

讨债。

讨债？讨啥债？

蒜钱。讨债者说，夏天里有几车蒜卖给镇上的脱水厂，钱到现在还没有使过来。

谁欠你的钱？

老黄。

老黄？哪个老黄？

摆渡者的问话使讨债者吃了一惊，讨债者说，这岸上不是颍河镇吗？

是颍河镇，可是没有叫老黄的呀。

是颍河镇你就应该认识老黄，他在镇上挺有名的，个不高，长一嘴黄牙，几家脱水厂数他开的大，家里都盖上楼了。

噢，你说的是赖渣，对对对，我想起来了，赖渣姓黄，是他是他，赖渣谁不认识。

赖渣？

是呀，外号叫赖渣，赖得掉渣。赖渣腰粗，这些年没少弄钱。摆渡者停顿了一下说，他欠你多钱？

一万六。

摆渡者停下手中的船桨，他用一只手掀开盖在脸上的雨帽说，一万六？

讨债者看了他一眼，他发现摆渡者只有一只眼睛，另一只眼睛不知道什么时候瞎去了，他的相貌看上去很可怕。摆渡者用那只眼睛看他一眼就放下了雨帽。摆渡者又开始往对岸划船，他一边划船一边自言自语地说，是呀，是该要了，眼看就要过年了。说完他不再言语，又去用力划桨，船桨哗哗的击水声代替了他的语言。讨债者回头望了一下南岸，莽莽的堤岸上已经铺满了白色，那些歪歪斜斜的柳树仿佛一些影子立在他的视线里，弥漫的飘雪使他看不清天空的颜色。

讨债者在这年冬季的一个上午立在颍河镇的码头嘴上，他看到了一些陌生的行人和房屋，他似乎从来没有见过这种格局的街道。由于大雪的缘故，讨债者在颍河镇的街道里迷失了方向。讨债者努力地回忆着他前几次来到颍河镇的情景，但那些已失的往事和经验不但没有帮助他，反而使讨债者越来越感到视线上和心理上的迷乱。

在讨债者的记忆里老黄的家在一条街道右边的胡同里，那条胡同口有一块长方形的青石条，沿着胡同走过一些房屋，就看到路左边有一口坑。夏季里那口坑里长满了厚厚的绿色的如同毯子一样的浮萍草，那个时候讨债者在等待外出要债的老黄，他无事可干就提个篮子来到坑边捞浮萍，然后扛回去喂老黄家的那群鹅。老黄家的那群鹅终日被关在院子里呱呱乱叫，令无所事事的讨债者心焦意乱，他就对正在撅着屁股在那儿给鹅拌食的老黄的爱人说，我去给鹅捞浮萍吧。老黄的爱人就笑了，她直起腰来用手背拨了一下散在眼前的头发说，你歇着吧，咋能劳驾你，你是客哩。说完又撅着屁股去拌食。这是一个很胖的女人，她一弯腰屁股就显得更大了，她的单褂被弯下的腰带上去，露出一线白白的肌肤。看见那线肌肤讨债者的身上就一阵燥热，那屁股在阳光下闪闪发光，讨债者想，要是上去抱住就能办成那事了。讨债者感到腰下鼓胀起来，就连忙提起身边的一只篮子出了门。可是现在讨债者走在颍河镇的街道上，怎样也找不到那条胡同。讨债者望望眼前，街道上的一切都是陌生的，讨债者想，难道是这场大雪改变了镇子的模样？讨债者停下来自言自语地说，我记得是在这儿呀，怎么没了那条胡同？他立在街道上，想在纷扬的飘雪里找一个人问问路，可是远远近近讨债者都没有看到一个人影。讨债者看看天色心想，现在是什么时间呢？街道上怎么会没有一个人呢？讨债者迟疑了一会儿走到路边的一所房子前，在一个黑漆门前停住了，他听到屋里有斧头劈砍东西的声音，就伸手敲了敲门。屋里的声音消失了，有呼嗒呼嗒的脚步声走过来，片刻，那对黑色的门拉开了，雪花趁势涌进去。讨债者看到一只满是血迹的手扶在门边上，随后就听到一个陌生的男人恶声恶气地说，进来！

讨债者就像雪花一样从门缝里钻进去，他一进去，身后的门就咣当一下关住了。屋里的光线非常暗淡，只有屋子深处支着一架煤火，有蓝色的火苗四处映射。煤火上坐着一口锅，锅里的水沸腾着，一些东西被煮得咕嘟咕嘟地发响，这使讨债者身上有了一丝暖意。他回头看一眼关门的汉子，可是在灰暗的光线里他只看到了他宽大的后背。那汉子关好门后像一只影子从他身边走过去，在一架案子前立住了。讨债者看他操起一把砍刀朝一个模糊不清的猪头上砍去，他砍了两下回头对讨债者说，等一会儿，肉还没熟。说完又自顾自地干他的活。

讨债者立在那里，在灰红色的光线中他看清那是一个满脸横肉的屠夫。屠夫专心致志地在灰红色的光线里干着自己的活，锋利的砍刀吃进骨头的声音不停地响起来。讨债者闻到了散发在空气中的某种气味，他想，屠夫把我当成了一个食客。他犹豫了一下还是朝他问道，请问老黄家在哪儿？

屠夫停下手中的砍刀说，谁？你说谁？

老黄，开脱水厂的，小名叫赖渣。

噢，听你口音不是本地人吧？

不是。讨债者看到屋子深处的火光把屠夫的身子映得十分高大。他说，我是临泉人，来这里讨债。

讨债？赖渣欠你的钱？

是的，他欠我的蒜钱。我从夏天就跑着上这儿来要账，这段时间我跑了不下十回，可是每次来都没有见到老黄，他总是出门在外。

屠夫放下手中的砍刀说，是呀，是该要了，眼看就要过年了。

可是……讨债者犹豫了一下才说，我找不到他家了。

屠夫说，你在这里咋会找到了？他住在另一条街上。

另一条街？我记得他就在这条街上住的。

不对，他在另一条街上住。屠夫说，你出去往左拐，一直往前走，见到街口再往右拐，再往前走就到了。

麻烦你了。讨债者说着走到门边。屠夫说，我来给你开门吧。说着他走过来，讨债者从他身上闻到了一股血腥气，那气息使他打了一个冷战。讨债者忙从门缝里钻出来，等他在大街上立住回头看的时候那对黑漆木门已经关上了。他定了定神，按照屠夫的指点，果然找到了他要找的那个通向老黄家去的胡同口。可是这个胡同的方位却和他记忆里的正好相反。这种情况的出现使讨债者感到心里难受。立在大街上望着那个面目全非的胡同他突然感到了劳累，他用脚驱了驱路边那块石头上的积雪坐下来，他望着飘着雪花却空无一人的街道感觉到时光仿佛已到了深夜。在这个大雪纷飞的日子里，讨债者在迷失了方向之后，又失去了对时间的观念。

讨债者坐在雪花纷扬的大街上，想着老黄家那个盖有两层楼房的大院子，他想，老黄，这回你一定在家吧？讨债者在心里这样祈祷着正准备起身沿着胡同往里走，突然听到了嚓嚓嚓脚步踏在积雪上的声音。那声音有些杂乱，讨债者抬起头来，看到有三个身穿灰色雨衣的人来到讨债者面前停住了。其中有一个人从兜里掏出一张纸来在飘雪里观看，其余的两个也拢过去。最后那个拿纸的矮个说，就是这。

讨债者听到那是一个女人的声音。听到那个女人这样说另外两个男人就应和着，就是这，这同图上画的一样，就是这个胡同。

其中一个男人又说，要不问问这个老乡吧。说着他们都转过脸来看着讨债者。讨债者慌忙站起来，拍打着身上的积雪。眼前的三个人面目模糊不清，讨债者只能从他们说话的声音里来辨别他们的性别。他听到一个男人对他说，从这条胡同里能到老黄家去吗？

能，能。讨债者忙应和道。

那个女人看他一眼朝他晃了晃手中的纸说，这个图就是你寄给我们的吧？

图？啥图？

通往老黄家的地图。

没有，讨债者说，我没有寄过。

那个女人说，这有什么呢？我们正在寻找寄信的人，他这次立了大功，这不，我们来了，我们按照这个图找到了老黄家。你寄了信有什么不敢承认呢？我们还要奖赏你呢。

奖赏我？

对，奖赏你。是你来信告诉我们老黄家的基本情况，我们这次要罚他三万，我们要百分之十地奖励你。百分之十，你算算是多少？三万就能奖你三千。

你奖得再多，可是那信不是我寄的。

不是？不是下着这么大的雪你蹲在这里干什么？你不是等着给我们指点方向的吗？

不是不是。讨债者慌忙答道，压根不是。我也是要到老黄家去的，我是个外地人，我是来讨债的，老黄他欠我的薪钱。

哦，原来是这样。那好吧，既然是这样你就跟我们一块儿到老黄家去吧。

说着，那三个身穿雨衣面目不清的人就沿着胡同朝前走。讨债者站在那里望着他们的背影犹豫了一会儿正准备跟上去，他的肩膀突然被一只手拍了一下。这只从后面突然出现的手吓了讨债者一跳，讨债者惊慌地回过头来，他看到一个头发纷乱的女人立在他的面前。那个女人腰里系着一个黑围裙，眼角里夹着两蛋金黄色的眼屎，她笑眯眯地一脸讨好的神情，接着讨债者听到一个沙哑的声音，她说，你们都是到黄厂长家去的？

女人的声音在风雪里飘飘摇摇，好像从天边的某处传过来，在讨债者的感觉里那声音很不真实。但讨债者还是应和道，是哩。

女人高兴地笑起来，她的笑声仿佛是一个农妇在成熟的玉米地里穿行时所发出的声音，她拍了一下手说，好了，这下生意来了。说着她就转身往回走，走了两步又回过头来用沙哑的声音说，你们一共几个人？

讨债者没有明白女人问话的意思，几个人？讨债者说，就我自己呀。

女人指了指前面的几个人说，咋就你自己，他们呢？

讨债者回身朝胡同里看了一眼，那几个面目不清的人已经走出去很远了，讨债者明白了，这个女人把他当作和前面那群人是一伙的了。讨债者就说，四五个吧。

四五个？女人更加高兴，她说，加上老黄家的人就快一桌了。说完转身小跑起来，她的脚步在积雪上发出沙沙的声响，一转眼就挤进路边的门里不见了。在木门的上方讨债者看到了一个牌子，牌子上写着几个字：路西饭店。讨债者怔怔地站着，他一边看着牌子下的那排木门缝里冒着的热气一边想，怪了，我刚才咋就没有看到这个饭庄呢？在讨债者以往的记忆里，老黄家附近并没有饭庄和这样一个开饭庄的女人。这就怪了，讨债者想着沿着胡同往里走，那几个人已经不见了，只有几排脚印留在雪地上。老黄在家吗？这回千万别再扑个空。讨债者想。自从今年的夏季讨债者把几车大蒜卖到老黄的脱水厂里之后，他每次来都赶上老黄外出去要账。老黄脱水厂里生产出来的大量的蒜片都卖到沿海的一些城市里去了。在讨债者的想象里那个身材瘦弱却有些非凡智慧的生意人整天在外奔波，每次来讨债者都会先在心里一遍又一遍地祷告能让他赶上老黄在家，可是他每次来老黄都不在家，他不是去了泉州就是去了青岛，不是去了宁波就是去了威海，老黄好像是在有意躲开他似的。讨债者想，我有什么可躲的呢？不就是一两万块钱吗？这在你老黄还能不是九牛一毛吗？老黄，你要是还不在家那你可苦了我了，老黄，我种的一季蒜还有我掏钱收的蒜都给你了，我把我的家底都押在这上面了，老黄，为了这蒜钱我都快妻离子散了！老黄，我都快家破人亡了！老黄，你真想逼疯我吗？讨债者想，这回你不回来我就不走了！讨债者每次来都是这样下决心，可是他每次都等得心急火燎，直到自己再也住不下去。讨债者对老黄的大屁股女人说，下次吧，下次再来。讨债者想，这回再见不着你，拿不到钱我就准备吊死在你家门口，老黄！讨债者沿着胡同往前走，他看到那口夏季里长满了浮萍草的水坑现在已经干涸，深深的坑底上落满了积雪。接着，讨债者就看到了老黄家的那片柿树园。在秋天里，讨债者记得这些柿树上结满了橘红色的柿子，老黄他爹腰里系着大袋子手里举着一根老长的竹竿扬着他的秃头往网里套柿子。秃老头扬疼了脖子就停下来对正在帮他收柿子的讨债者说，老孙，你下次来就能吃到我用柿子酿制的果醋了。讨债者在心里骂道，老秃驴，还想让我等到下次吗？这回拿不到钱我就不走了。他一边这样在心里说着脑海里就浮现出故乡的田园，想着那等他收获的秋庄稼和他那满脸企盼的孩子和老婆。讨债者一边在雪地上行走一边望着那园子铁色的树木，心里想，还真让这个老秃驴说中了，我还真得来吃他酿制的果醋了。

讨债者在这年的第一场大雪里沿着纷乱的脚印在灰暗的天色下逐渐接近老黄的家。当他来到老黄家那高大的门楼下的时候，那三个穿雨衣的人正在敲门。这会儿那三个人都摘掉了头上戴着的雨帽，但他们的面孔仍然模糊不清，那两个男人的区别就是一个戴着眼镜一个没有戴眼镜，但那个矮个子女人却长得小巧而眉目清秀，她站在那两个皮肤干燥的男人面前仿佛是一朵粉红的花儿。讨债者有些不安地立在他们身后，他被两个男人模糊不清的目光看得抬不起头来，他只好摘下头上的帽子去抽打背上的雪，同时他还听到了那条狼狗的叫声。讨债者见过这条狗，这条狗眼光发绿耳朵直竖虎视眈眈立在院子里让人发抖。这时，讨债者听到院子里有一个男人的咳嗽声。是老黄吗？好像是老黄吧。讨债者这样祈祷着，就听门足发出了吃重而沉闷的叽扭声，讨债者隔着几个人头之间的缝隙看到了一个熟悉的面孔，是秃老头。

来了？秃老头说。

那个女人说，这是黄厂长的家吗？

是哩是哩，你们从哪儿来？

那个小巧的女人又说，我们是县外贸局的。

外贸局？

是的，戴眼镜的男人说，我们是来给黄厂长订明年的蒜片出口合同的。

哦，是这样。进来吧，进来吧。秃老头把门拉大些，又朝身后汪叫着的狼狗喝了一声，那狗就止住了叫声。讨债者随他们走进去，那个没戴眼镜的男人就惊叫起来，哎，这狗恁大。

秃老头有些得意，他一边关门一边回头说，比一个人吃得还多哩。

真是一条好狗。戴眼镜的男人也称赞道。那条狼狗在雪地里抖了一下身子，转身钻进狗窝里去了。它脖子里的锁链在雪地上发出哗哗啦啦的声响。

小巧的女人一边走一边对秃老头说，你老人家真是好福气呀，看这楼盖的，院墙打的，铁桶一般。那两个男人也应和着说，就是就是。秃老头显得很高兴，他一边呵呵地笑着一边把众人让到屋里。由于天阴，屋里的光线很暗淡。秃老头走到门后啪的一下拉亮了灯。几个人站在客厅里四处张望，随后脱了雨衣，落了座。秃老头又是拿烟又是倒茶。那小巧的女人说，别忙别忙，都不是外人。

秃老头说，那是，能来这儿的都不是外人。

女人说，黄厂长呢？

他去大连了。

去大连了？讨债者忍不住脱口而出，他看到那个没戴眼镜的男人盯了他一眼，随后站起来，拉一拉他后背的衣服，把他腰里那把手枪盖住了。讨债者看到那个男人有意做给他看的这个动作身子不由哆嗦了一下，就不敢言语了。

秃老头说，是哩，去要账了。有二十吨的蒜片卖到那里，不知为啥一直没有使回来钱。

女人说，外边该的账多吗？

秃老头说，我也说不清，反正成年不在家，到处去要账，山南海北地去要账。

小巧的女人笑了笑说，你真有福呀，有这么个有本事的儿子。

啥本事那，秃老头说，我经常给他唠叨，弄恁大事干啥？够吃的算了。

戴眼镜的男人说，你老这是说风凉话。

不戴眼镜的男人也说，就是，谁不眼气老黄呢？

正说着，从里间传来一个小女孩的哭叫声。秃老头说，孙女儿醒了。他站起来就往里间走，一会儿抱出来一个两三岁的小女孩。

女人说，这是你孙女儿？

秃老头说，孙女儿。

她是老几呀？

老四。

这时戴眼镜的男人不知从哪儿弄出来一架照相机，他对秃老头说，来，老人家，抱着孙女坐好，我给你们照张相。

秃老头说，照啥相，不照不照。还没等他说完，就见闪光灯一亮就照上了。眼镜一连照了几张才停住，秃老头说，算了，照两张算了。

小巧的女人说，那仨孩子呢？

秃老头说，大的在城里上高中，二的在镇里上中学，三孩子去她姥娘家了。

哦，女人说，真是四个，这在城里可不行。独生子女，多一个都不行。

秃老头说，那是那是，城里管得严，乡下就不同了，有钱就能多生一个。哎，秃老头突然警觉起来，你们到底是干啥的?

女人说，外贸局，专管出口的。说完他们几个都笑了。

秃老头说，也管蒜片吗?

小巧的女人说，管，这不，我们这次来，就是准备给黄厂长订合同的。

正说着，听到外边有人敲门。秃老头说，你们先坐，我看是谁。秃老头抱着孩子一走出屋子，那三个男女就对视了一下。戴眼镜的男人小声说，这回拿准了。讨债者看到那个小巧的女人伸出三个指头悄声地说，不能少于这个数，不然，咱就抓人。没戴眼镜的男人说，抓谁？抓这老头吗？女人说，不中，要抓抓老黄，抓不住老黄抓他女人。

讨债者一听心里就嗵嗵地直跳，老黄呀，你这会儿千万可别回来，这会儿有人等着抓你哩，要是把你一抓走，我还找谁去要钱？这几个人到底是干啥的？是搞计划生育的吧？讨债者想，说不准，搞计划生育的会不知道老黄的家？搞计划生育的还带着枪？不像不像。税务局哩？税务局里罚什么款？外贸局？肯定不是外贸局！讨债者想，他们几个骗人的。可是他们是什么人呢？讨债者明白这三个陌生人跟那张地图有关，那个画图的人一定跟老黄有仇，或者是老黄还不上别人的钱，人家就把老黄给告下了。这几个人说不准是法院的？是的，肯定是法院哩，他们是来抓老黄归案的！

讨债者正这样想着，就听秃老头在屋外跟一个人说话，一听沙哑的声音讨债者就知道那人是谁了。

秃老头说，我没叫菜呀。

沙哑的声音说，这还用你去叫吗？你没看家里来客人了吗？来了客人就该吃饭是不是？这还用你老人家去叫吗？说着，那个头发纷乱的女人已经出现在屋子里，她一边扭动着身子一边回头对跟过来的秃老头说，上你家来的都是客人是不是？客人来了哪有不吃饭的道理？那个大眼角里挂着一对金黄色眼屎的女人双手托着一托板凉菜对众人说，下雪天，你们几个大老远地跑来，总得先喝几杯烧酒暖暖身子吧。

秃老头一脸的铅灰，他不高兴地说，有你这样做生意的吗？

女人沙哑着声音说，看你老说哩，我的生意还不是你的生意？你的客人还不是我的客人？这点忙我还不应该帮吗？她一边往茶几上放酒菜餐具一边对众人说，你们来了，也没啥好的，先送几个凉菜喝着，热菜一会儿就送来。说完，就一扭一扭地出去了。

没戴眼镜的男人说，哎呀，这真是服务到家。他一边搓着手一边盯着茶几上的菜说，你别说，一看到酒我身上还真有些哆嗦哩。

秃老头说，别哆嗦，喝点吧，喝点暖和暖和。

小巧的女人对秃老头说，那俺就不客气了。说着他们把屁股底下的沙发往前拢拢，眼镜朝讨债者说，你也来吧。讨债者这才敢往前靠了靠，他也有些饥饿和寒冷了。讨债者朝秃老头说，你也坐吧。讨债者很想让秃老头认出他来，让他明白他跟这几个人不是一伙的。可是秃老头似乎沉溺在那个声音沙哑的女人带给他的烦恼里，他一直没往他脸上看。小巧的女人也说，你也坐下来吧。

秃老头说，吃吧吃吧，我得哄孙女儿睡觉呢。

女人说，孩子他妈呢？

秃老头说，也去大连了。前天她爸从大连打来电话，让她妈去接他。

女人说，你说黄厂长这两天就回来？

说不准，但愿他能早一天回来。秃老头说，你们吃吧，我哄小妮睡觉。说着就抱着孙女儿走出去。

眼镜悄悄地说，还抓不抓？

女人说，抓谁？人都不在家。这事先放放，吃了饭再定。

中，咱吃。两个男人应和道。仨人一开杯就上了劲，特别是那小巧的女人，她的酒量真让讨债者大吃一惊，拳也划得好，看得讨债者有些眼花缭乱。讨债者想，乖乖，这真是女中豪杰，我算长了见识了。讨债者想，老黄，这会儿你可千万别回来呀，这仨人在你家里吃着你的喝着你的还准备抓你呢！那个大屁股女人去接老黄都两三天了，要是这会儿回来了怎么办？一回来他们抓起来他就走，老黄一走我还给谁去要钱？我得出去给秃老头报报信儿，老黄就是这会儿回到颍河镇也不能让他回家来。讨债者这样想着就站起来，他小声地对眼镜说，我去解个手。说完就离开了酒席。讨债者来到院子里，大雪仍然没有小下来的意思。讨债者叹口气心里说，这雪，早不下晚不下，唉——可是他在院子里并没有看到秃老头，他抬头看了看楼上，就从左边的楼梯上了楼，在楼上的一间房子里讨债者果然找到了秃老头。秃老头怀抱着孙女儿似乎沉浸在伤感里，讨债者走过去叫了一声，大爷。

秃老头抬起头来，他看到了一个模糊的人影。

讨债者说，是我呀，大爷。讨债者走到秃老头面前，转过身来让外边的光亮照着他的脸，讨债者说，还认识我吗？

秃老头怔怔地看着他说，叫不上名来，看着有些面熟。

讨债者说，我是安徽临泉的，老黄的朋友。

秃老头仿佛突然清醒过来，他叫道，是你呀，你啥时候来的？

讨债者说，我是跟那几个人一块进来的。

跟那几个人一块儿进来的？

是呀，讨债者焦急地说，我对你说，这群人可是来抓黄厂长的呀。

秃老头吃了一惊，来抓他？

讨债者说，是呀，他们还带了枪。

秃老头说，为啥要抓他？

讨债者说，说不了，可能是有人把老黄告了，他们是拿着那个告他的人画的地图来的，说是准备罚恁三万块钱呢。

秃老头说，我的天……

讨债者说，老黄今天回不回来？

秃老头说，说不准哩。

讨债者说，要是回来得想办法别让老黄进家，他们见不着老黄就没办法了。

秃老头说，也是哩。那样吧，你先去镇外的厂里，去厂里等他，要是他从大连回来一定会先去厂里，你在那儿见了他就让他先躲一躲。

讨债者说，也中，那我就去吧？

秃老头说，中中，你知道地方吗？

讨债者说，我知道，厂子我还能不知道？讨债者说着就往外走。他站在二楼的走廊里，看到飘雪把镇子里远远近近的房屋都改变了模样。讨债者想，这雪下的。讨债者听着楼下屋里划拳的声音突然想起了家。他想，这一下雪路上就更不好走了，我什么时候才能踏上回家的路途呢？这种未卜的事实使得远道而来的讨债者忧心忡忡。

讨债者把衣领竖起来挡着迎面而来的风雪，他一边沿着胡同往前走一边想着老黄的模样，老黄身穿裤头头戴一顶草帽站在遥远的夏季里朝他摆手，老黄说，过几天来拿钱吧。这是老黄留给他的最后印象和最后一句话，好像老黄说了这句话就被风吹走了似的，一阵风真的能把他吹走吗？他为啥那样瘦呢？阳光下看上去他骨瘦如柴。他整天就不吃饭吗？讨债者对那个胖女人说，他把好吃的都让给你了吧？老黄的胖女人听他这样说就咯咯地笑了，她说，没有撑死他！他就那样的人，你就是整天把他埋在麦堆里泡在肉锅里他也吃不胖，生就的瘦猴。可老黄，这会儿我咋就记不起你长得啥样了呢？这回见不着你我真的就不走了，我见不着你我真的没法回家跟我老婆孩子说，我真的没脸再见人了。当初把几车大蒜卖给你全是我一个人的主张，我本来打算多卖几个，可是到头来……老黄，你个鳖孙可把恁爷给害了！讨债者想到这里站住了，他回过头来往老黄家的楼房又看了一眼。当他又回过头时，他看到从街口拐进胡同里一个人来，是老黄吗？讨债者突然紧张起来，他想，好像是老黄吧！是老黄我拉着他就往回走。可是等那人走近了，却是一个手端托板的青年人。讨债者看到托板上有两盘菜，菜被两只碗反扣住了。讨债者想，原来是饭店的伙计。那个青年人吱吱扭扭地踏着积雪走过来，他看一眼站在胡同里的讨债者说，是黄家的客吗？

讨债者说，是哩。

青年人说，来催热菜的吗？

讨债者说，不是，我出来解手，可怎么也找不到厕所。

青年人笑了。青年人和讨债者擦肩而过的时候说，不就是尿尿吗？这下雪天往哪儿一站不管呢？到底是公家人，屙屎尿尿都这样讲究。

讨债者说，我是大便，不找厕所能中？

大便？青年人走了两步又停住了，他说，你到大街上去吧，饭庄对过有一个厕所。

讨债者听青年人这样说才想起那个声音沙哑的女人来，他说，刚才那个送菜的女人是谁？

青年人头也没回地说，那是俺娘。青年人说完继续往前走。讨债者站在那儿看着青年人一直走到黄家院子的转角才回身朝大街上走。讨债者来到大街上看到路西饭店的对过真的有一个厕所。一看到厕所讨债者还真的想解大手，讨债者想，解就解吧。讨债者就朝厕所走去，刚走到门口就听到身后的街面上传来了车子压雪的声音，讨债者回过头来看到一个高大的汉子骑着一辆三轮车停在了路西饭店的门口，在纷扬的雪花里讨债者看到了那个汉子满脸的横肉，讨债者想，好像在哪儿见过这个人？讨债者看到那个汉子扭身从三轮车的盒板上提起两块猪脸肉推门进了饭庄的门。讨债者想，这是谁呢？讨债者蹲在厕所里一边屙屎一边想着那个汉子，一直到他提着裤子往外走的时候他才想起来，这不是那个给我指路的屠夫吗？是他。讨债者一边这样想着就绕过那辆三轮来到饭庄的门前，他推推门，开着，他就走进屋里。屋里的热气扑面而来。讨债者想，还是屋里暖和呀。讨债者看到有一口煤火上坐着一副三节的蒸笼，热气呼呼地从蒸笼的缝隙里冒出来弥漫着光线暗淡的空间，因而使得讨债者看不清饭庄内部的格局。在门口的近处，讨债者只看到两张空闲的满是油腻的餐桌和几条面目丑陋的板凳，可是他没有看到那个满脸横肉的屠夫和那个头发纷乱的女人，但是通过充满蒸汽的空间讨债者听到了他们在饭庄的某个地方弄出来的声音。看你……咦——咦——咦——那个女人轻微的沙哑声如同从蒸笼里被挤出来的一样，她每咦一声好像身子都在晃动，那女人似乎有些情不自禁地把声音从嗓子眼里挤出来，咦——咦——咦——讨债者一时没弄明白他们正在干什么，那女人咦着咦着说道，快点，要回来了。讨债者想这两个人在干什么鬼勾当？讨债者正准备往里走却看到了在蒸笼右边的案子上放着两块猪脸肉，讨债者走过去操刀就在猪脸上切下一只猪耳朵来，讨债者拿着猪耳朵回到靠窗子的桌前坐下来，他一边大口大口地吃着猪耳朵一边通过玻璃窗去看外边的大街。讨债者想我得看着点老黄，老黄要是这个时间从大街上走过去那可就坏事了。讨债者刚吃完猪耳朵就听到蒸汽里传来了脚步声，他转过脸来看到屠夫模糊的身影往外走，跟在他身后的头发纷乱的女人说，肉哩？肉你放哪儿了？

案子上。屠夫没好气地说，问一遍又一遍，好像吃多大亏似的。

女人说，那是嘛，你吃我的肉我吃你的肉，你别想赚老娘的便宜。

屠夫说，我有俩钱都花在你身上了，我啥时赚过你的便宜？屠夫说着推门走出去，骑上车一会儿就消失在风雪里。那个女人回过头来，等拉亮电灯，这才看到坐在窗前的讨债者，她有些吃惊地说，你啥时进来的？

讨债者说，刚才。怎么，不认识我了？我是从老黄家出来的。

女人走过来看他一眼好像突然间想起来了，哦，她说，是你呀。你不在那儿喝酒跑这来干啥？

讨债者说，催热菜来了。

热菜？热菜已经送过去了。

讨债者说，这我知道。讨债者停了一下说，我跟他们不是一块儿的。

不是一块儿的？那女人说，那你是干啥的？

讨债者说，我是来找老黄要蒜钱的。

蒜钱？女人说，现在钱不好要，赖渣的钱不好要，你去问问街坊邻居，哪一天没有人来找赖渣要钱？

讨债者说，他的钱不好要，你为啥还要争着往他家里送酒菜？你的饭钱好要吗？

女人笑了，她沙哑着声音说，我给你不一样，我是该他的钱。前年我男人死的时候我欠了赖渣五千块钱，我拿啥还他？我就拿这一顿一顿的饭钱还他。

讨债者想，这你别骗我，你们和老黄是街坊，都护着他呢。讨债者说，这样说老黄在你面前也够意思。

那当然。那女人说，我同赖渣啥关系？赖渣喊我妹子哩。

老黄喊你妹子？你还没有老黄大？

那女人笑了。她沙哑的笑声使讨债者想到了几片在风中舞动着的干枯树叶。她对讨债者说，你看我有多大？

讨债者说，猜不准。

女人说，你去镇上打听打听，让他们说路西饭庄的老板娘有多大岁数，说不定也管做你的妹子呢。

这时讨债者突然听到大街上有人走过的声音，他忙扭头观望。在灰暗的光线里他看到有两个人快步从他的视线里走过，沿着大街往前走了。

看啥？你在等赖渣吗？

讨债者回过头来说，是哩，我就是在等他，现在不能让他回去，他家里那几个人正等着抓他哩。

女人有些吃惊地说，那几个人是来抓赖渣的？

讨债者说，是的，来抓他。恁这儿有人把他告了。

告他，谁告了赖渣？

不知道。讨债者说，反正有人告了他，告他的人还给他们画了老黄家的地图。

女人说，为啥告他？

讨债者说，我也说不清楚，可能是老黄得罪谁了。

那女人笑了，她说，让他们抓吧，他们抓不住他。

讨债者被那女人的表情和话语弄糊涂了，讨债者说，为啥抓不住，老黄现在要是从大连回来一准会被他们抓住。

女人说，大连？狗屁！问问这几个月镇上的人谁见过赖渣的面？他早就躲起来了。

躲起来了？讨债者说，他干着这么大的生意为啥要躲？他该人家很多钱吗？

这倒说不准。女人说，反正没人在白天见过他。他们正说着，那个送菜的青年人回来了，青年人一进屋就对讨债者说，你咋在这儿，他们几个找你呢。

讨债者说，谁找我？

青年人说，在赖渣家吃饭的那几个人。

讨债者有些紧张，他忙走出门去。他朝通往老黄家的胡同口看一眼，就匆匆地沿着大街往镇外走。他一边走一边想，你们谁也别想骗我！躲起来了，干着这么大的生意他躲哪儿去？他有家，他还有孩子老婆！他还该着我的蒜钱！你们谁也骗不了我，这回见不着老黄我就是死在这里也不会走！

讨债者沿着街道往前走，雪中的风似乎大了些，雪在空中有些身不由己。讨债者把衣领竖起来，把头缩进去，刚才在饭庄里偷吃的那个凉猪耳不但没能给他带来温暖，反而使他有些冷。讨债者想，要是能喝碗热汤就好了，喝不上热汤能喝碗热茶也中呀。可是上哪儿去喝碗热茶呢？讨债者一边在风雪弥漫的街道上行走一边眯缝着眼睛往路边观看。由于积雪的原因，街道两边的房子变得一模一样，一座门面房，又一座门面房。最后讨债者来到一个十字路口在路中央站住了，他四下里张望，觉得自己以前好像来过这里。可是，从老黄家出来到镇外的脱水厂中间并没有这样的十字路口呀？哪儿来的十字路口呢？到老黄的脱水厂去中间有个十字路口吗？眼前的事实使讨债者对以往的记忆产生了疑惑，我这是在哪里？脱水厂离这儿还有多远呢？正这样想着，讨债者看到从对面过来一个骑三轮车的人，走近了他认出这是那个曾经给他指过路的屠夫。讨债者对他扬了扬手说，哎。

屠夫在他的对面停住了。屠夫说，买肉吗？

讨债者说，不是不是，我是想问一下往老黄家的脱水厂咋走？

脱水厂？屠夫伸出手往他身后一指说，往那儿。说完再不理他，骑车从他身边绕过去走了。讨债者按照屠夫指出的方向往前走，走着走着讨债者感到自己的身子在哆嗦，他想，要是能喝碗热汤就好了。没有热汤有碗热茶也中呀，可是我到哪儿去喝呢？讨债者想，要是在家就能喝上热汤了。讨债者又想起了自己的家。讨债者想，我的老婆孩子还都在家盼着我回去呢，可是现在我两手空空没有要到钱咋有脸回去呢？我得等老黄回来，不见到老黄拿不到蒜钱我坚决不回去！讨债者一边想着一边把头缩进衣领里往前走，可是走着走着脚下没路了，抬头一看面前横着一条空旷的河流。我的天哪！我咋又回到河边来了？这不就是我今天渡过的那条河吗？我是今天渡的这条河吗？过河的经历在讨债者的记忆里仿佛已是很久以前的事情了。讨债者想，我咋又拐回来了？是那个屠夫骗了我吗？讨债者站在码头嘴上，感到河道的风更大，风把河里酱色的水掀起波浪，波浪撞击着河岸发出哗哗的声响，撞击着码头边的渡船发出呱咚呱咚的声音。这时讨债者想到了摆渡者，他想，我还是下去找摆渡者问一下路吧。讨债者这样想着来到河边，河里的渡船在水浪里一上一下地晃动，可是讨债者却没看到一个人。他一准是在船头舱里。讨债者哆嗦着声音喊道，有人吗？讨债者看到船头舱上的木门推开了，那个独眼睛的摆渡者探出头来说，过河吗？

不过河，讨债者说，我是想问你点事儿。

问事儿？那你上来吧。摆渡者接着又说，进来暖和暖和。

讨债者犹豫了一下跳到船上，他从那个窄小的舱门里吃力地钻进船头舱里去，摆渡者随手就推上了舱门，风立刻走远了，但船仍在摇晃，还有呱咚呱咚的声音从舱外传过来。讨债者注意到舱里光线暗淡，腰也直不起来，他只好蹲着。

摆渡者说，坐下说。

讨债者就在船头舱里坐了下来，他看了摆渡者一眼，摆渡者盘腿坐在那里，像一个打坐的老僧。摆渡者说，喝杯酒吧，喝杯酒暖暖身子。接着讨债者就听到了泻酒的声音，而后有一杯酒递到了他的面前。讨债者想都没想就接过那酒一饮而尽，他感到有一团火穿肠而过。这样他一连喝了三杯，身子就不哆嗦了。

摆渡者说，吃肉吧，刚送来的猪脸肉。

讨债者说，不吃不吃，我问个事就走哩。

摆渡者说，有事你问。

是这样，讨债者说，我是安徽临泉的。

摆渡者说，这我知道。

讨债者有些吃惊，你咋会知道？

摆渡者说，我在这儿撑了一辈船，我一听口音就知道你是哪里人，你不是今天上午从这儿过的河吗？

讨债者说，对对，我是来这里要债的。

摆渡者说，见着赖渣了？

没有，见着就好了，他去大连了。

摆渡者说，他回来了。

老黄回来了？讨债者被这突然而来的消息惊喜住了，他说，他啥时回来的？

有半个小时了吧，是我把他从对岸送过来的。

讨债者说，就他自己吗？

就他自己，摆渡者说，没有别人。

讨债者说，他女人去接他，没有一块儿回来？

摆渡者说，这我就不知道了。

讨债者说，我得去找他。讨债者说着就站起来，他的头咚的一下撞在了船舱的顶盖上。由于兴奋，他忘记了他是在低矮的船头舱里。他一边捂着自己的头一边对摆渡者说，我得去找他！讨债者摸索着拉开船舱门，像条狗爬出去。突来的河风呼的一下把他头上的帽子给掀走了，讨债者喊叫着，我的帽子。

讨债者的帽子像一片黑色的塑料布落到河水里去，他站在船上往河面上瞅他的帽子，可他看到的只是一河酱色的水浪。他的头发被风吹起来像一丛秋后的蒿草，风吹得他在摆动的船上站立不稳，就蹲下来。讨债者像一只企鹅蹲着走到跳板前。讨债者跳上河岸，他回过头来，看到摆渡者已把船头舱的小门关上了。他把头缩进衣领里匆匆地走上码头，他想，我得赶紧去找老黄。可是他走到半道又折了回来，他突然记起他还没有问清去老黄的脱水厂怎样个走法。

讨债者按照摆渡者的指点，上了码头沿着街道一直往前走，他在开始暗淡下来的光线里独自一人穿越了长长的街道，最终来到了坐落在颍河镇郊外的老黄家的脱水厂。讨债者一边抖动着棉袄上的积雪一边敲响了大门，他听到有个人踏着院里的积雪走到门边，从拉开的门缝里讨债者看到了一个陌生的面孔，那个男人操着外地口音对讨债者说，你找谁？

讨债者说，我找老黄。

陌生男人不再说话，丢下他往回走，他一边走一边抬头看天，他说，这老天劲还大着呢。讨债者挤进门来，他回身关上门跟着那个男人穿过一片空地，在拐过一排房子的房角时，讨债者看到墙边上一排站着三个正在排尿的男人，他们中间有两个一胖一瘦的人穿着灰色制服，余下的那个低个儿同去开门的男人一样穿着黑皮衣，三个排尿的男人听到嚓嚓的脚步声一齐扭脸朝这边看。穿皮衣的矮个说，谁，是老黄吗？讨债者从口音上判断他和那个开门的男人是一个地方的人。开门的外地人说，不是，也是来找老黄的。

胖制服说，这会儿他还不该回来，估计着到晚上十点左右才能到家。

看来老黄没有到这里。讨债者想，老黄不在这儿我就拐回去吧，可一想又觉得刚来又走有些不合适，还是先进去坐坐再说吧，说不定就能等到老黄呢。他这样想着就跟着几个人进了屋。讨债者看到屋子中央盘着一炉煤火，煤火边上放着一张桌子，桌子上有一副松散油腻的扑克牌。讨债者跺了跺脚上的雪，他这才感到鞋里有些凉，低头看看，原来鞋子全被雪水浸湿了。那个矮个外地人对他说，你的鞋子湿了，坐火边烤烤吧。讨债者接受了他的建议来到炉子边找了一个凳子坐下来，然后把脚上的鞋脱下来放到煤火上又脱下袜子，袜子也浸湿了，他拧了拧就有几滴水从袜子里滴出来。这时那四个人又在小桌边落了座，坐在左手的瘦制服说，这一盘不算。其余的三个人没有提出异议，坐在右手的胖制服就开始洗牌，那个和矮个坐对面的外地人正好能看到正在烤袜子的讨债者，他说，你找老黄？

讨债者的双手一边在炉火上忙活一边说，是的。

瘦制服说，你找他有事？

有事。讨债者说，没事我大老远的下着雪来干啥。

瘦制服又说，事怪急呀？

讨债者说，是哩，来要蒜钱哩。

外地人说，你也是来要钱的？

是哩，你们也是来要钱的？

矮个外地人说，我们在这儿都住半月了，到现在还没有见着老黄的面。

讨债者一边在炉子上烤着袜子一边想，我的天爷，这么多要债的，老黄就是回来他能还得完吗？要是我跟他们一块这样等，说不定有钱我也要不上。他一边烤着袜子一边看着几个人起牌。讨债者想，等烤好袜子我就得先走。他一边这样想一边同对脸的外地人说，你们真的一直没见着他吗？

那个外地人一边起牌一边说，没有。

讨债者说，我听别人说老黄躲起来了，要是这样你们就是等到过年也见不着他。

躲起来了？外地人停下起牌看着讨债者说，你听谁说的？

路西饭庄的老板娘。

矮个外地人对瘦制服说，你不是说他今天一准回来吗？

瘦制服说，回来，一准回来。

矮个说，可是他说老黄躲起来了，你这不是在骗我们吧？

瘦制服生气了，他说，我为啥要骗你？我骗你不是等于骗我自己吗？你能从老黄手里要回来一万，就有我一千的税钱，我为啥要骗你？你知道，至今我也没有见过他的面，我为啥要骗你？

胖制服也说，就是，我们没理由骗你，老黄今天回来是他爹亲口说的，当时你不是也在场吗？

两个外地人都不说话了。过了一会儿坐在讨债者对面的外地人愤怒而烦躁地拍着手中的牌说，我们都在这儿住半个月了！

瘦制服说，我们有啥办法？

外地人说，你这会儿没办法了，你就光知道收税！

瘦制服说，我能光收你的税吗！老黄的税我们没收吗？这次他回来单补税就得一万二，你知不知道？

外地人说，你收他五万，跟我有啥关系？

胖制服说，好了好了，抬杠有啥用？问题是得等老黄，老黄一回来啥事都好说。

讨债者一边烤着鞋子一边想，不能让老黄回厂里来，老黄要是回到厂里有这群人缠着，我还能顺顺当当地要手里钱吗？不能。讨债者这样想着鞋也不烤了，他急忙穿上袜子，在穿湿鞋的时候他感到鞋子湿得难受，可他还是一咬牙把脚伸进去了。讨债者穿上鞋就往外走。就这时，从外边传来了急促的脚步声，接着闯进一个人来。那个突然出现的人使讨债者有些心慌，是老黄吗？讨债者定眼一看，不是老黄，却是路西饭庄老板娘的儿子，他一边站在门口喘气一边对打牌的几个人说，快，老黄回来了！

那四个人唰的一下站起来，异口同声地说，他在哪儿？

青年人说，在俺饭庄里等恁哩。

走。四个人丢下手中的牌一起蹿出门去，有一股风从外边灌进来，卷起桌上的纸牌满屋子飞舞。讨债者愣愣地看着那些纸牌一张一张从空中落下来时才回过神来。等他来到门口，那群人在暗淡下来的光线里已经模糊不清，只听到杂乱的脚步踏雪的声音嚓嚓地传过来，那声音在风雪里有些迫不及待。

讨债者是在通往镇子里的半道上追上那群人的。他认准那个青年人就上去拉了他一下，青年人回过头来看他一眼步子慢下来。讨债者气喘地朝他问道，老黄真回来了？

青年人说，这还有假，人都在饭庄里坐着呢。

讨债者说，他去恁饭庄里弄啥？

他一回来就去了，他说他还没有吃饭，俺妈就给他做俩菜让他喝酒。俺妈说厂里有几个人在等他，这不，他就让我来喊了。

讨债者一听心里就有些发急，他想走快一些赶到那群人头里去，他想先他们一步见到老黄。老黄，讨债者想，这回说啥你也得给我蒜钱，不然我就吊死在你的家门前。他这样想着就小跑起来，可是前面的那几个人似乎比他更急，他怎样也赶不上他们，他们的腿似乎长得特别长。讨债者在心中骂道，这群鳖孙，慌得跟投胎一样。就这样他们如风一样卷着雪花来到路西饭庄门前，看到饭庄里亮着灯，光从门缝里和窗子里泄出来使得街面上的雪格外的白，那群人拥过来直听木门叽扭叽扭响，就都进到了饭庄里。

讨债者在饭庄里并没有见到老黄。讨债者想，老黄出去解手了吧？他就转身往窗外看。这时身后一个沙哑的声音说，咦，你们可来了！讨债者回身看到那个头发纷乱的女人惊慌地从里屋走出来，似乎她一惊慌脸上就变得漂亮起来，她说，可吓死我了。

瘦制服说，老黄哩。

女人沙哑着声音说，被人抓走了。

胖制服说，抓走了？谁把他抓走了？

女人说，不知道哩，你们看看。女人指着身边桌子上放着刚吃了一半的两盘菜和一副酒具说，老黄正在这儿吃饭，突然从外面进来三个人，两个男的带着手枪，还有一个女的，他们给老黄戴上手铐就把他拉走了。

瘦制服说，他们没说是哪里？

没说。这群人早就来了，都在老黄家里等着，是我去给他们送的饭菜，他们就在老黄家里喝酒。女人说着看到了讨债者，她指着讨债者说，还有他，你问他是不是？他也在老黄家里吃饭，他们是一块儿的。

众人一起用目光盯着讨债者，胖制服恶狠狠地说，原来你是个探子？说，你们为啥要抓老黄？

讨债者惊慌地说，不是不是，我不认识他们。

胖制服上来一把揪住了讨债者的衣领，他嘴里喷着沫子说，说，你们是哪里的？

讨债者哆嗦着说，我是临泉的，我是来找老黄要蒜钱的。

要蒜钱？外地人在一旁说，你们是不是要不到手里钱，就把老黄绑架了？说，你们准备把老黄弄哪儿去？

讨债者说，求求恁了，我真不知道，我也正在找老黄哩。

瘦制服说，他不说，打！

他的话音还没落，胖制服当胸就给了讨债者一拳，那一拳来势凶猛，讨债者还没有明白怎么回事就像一个秫秸个子给传到门外，跌倒在雪地上。那群人从屋里拥出来，纷纷用皮鞋往他身上踹。讨债者双手抱住头在雪地上打滚，他一边打滚一边发出瘆人的号叫声，讨债者感到不断地有尖硬的东西一下又一下地踢在他的大腿上，肋骨上，前胸和后背上，使他疼痛难忍。他一边惨叫一边向那群人哀求，可是他痛苦的哀求声都被他们恶狠狠的叫骂声给压下去了。这样不知过了多会儿，那几个人才停住手脚。只听那个声音沙哑的女人说，你们光打他也不是办法。

一个外地人说，啥是办法，我们都在这儿等他半个月了！

女人说，你们应该去找老黄，别让人把老黄弄走了才是理。

瘦制服说，他们抓住老黄往哪儿去了？

女人说，往镇里去了，说不定去了镇政府。

胖制服说，去镇政府咱就有办法。在咱家门口他们还想怎么着？走。讨债者听到有杂乱的脚步声匆匆地走远了。讨债者躺在雪地上感到全身都在疼。这时有一只手在拉他，耳边同时响起女人沙哑的声音，起来吧，快起来走吧，他们走远了。

讨债者把抱头的双手放下来，他挣扎着坐起来。

女人说，碍事吗？要不碍事就赶紧走吧，要是找不到老黄一会儿他们还会回来，到那时他们就不会轻饶你。

讨债者在那女人的帮助下站起来，可是他感到有一条腿疼得厉害，他的身子几乎有些支撑不住，就忙往前走两步扶住路边的一棵树。那个女人又说，碍事吗？

讨债者说，不碍事。

不碍事就赶紧走吧，不然他们回来会打坏你。

讨债者就咬着牙往前走。讨债者想，我到哪儿去呢？我无处可去。我是来找老黄哩，我是来找老黄要蒜钱哩，可是老黄让人家给抓走了。我到哪儿去找老黄？找不着老黄要不到蒜钱我还不如死了哩，这回死我也得死在老黄的家里，都是老黄害了我，都是老黄个鳖孙害了我！死我也得死他家！讨债者这样想着就沿着那条胡同往老黄家里走，他吃力地瘸着一条腿往前走，感到胸口一阵阵地发疼。他在暗淡的光线里走过那口夏季里漂满浮萍的大坑，要是夏天就好了，我一头就能投坑死了，可是现在这坑干了。他一瘸一瘸地扶着墙终于来到了老黄家的大门口，他吃力地叩动门环。他听到那条狼狗的叫声了，他听到走过来的脚步声了。秃老头拉开大门在雪光的映照下看到了站在门口的讨债者，他说，你找谁？

讨债者说，我找你。

秃老头说，你是谁？

我是临泉哩，来要蒜钱。

临泉？临泉的老孙吗？

是哩，临泉的老孙。

那就赶紧过来吧。秃老头说着把门缝拉大一些，让讨债者走进来，而后把门关上。他回身朝汪叫的狼狗喝叫一声。那狼狗站在雪地上，从屋里射出来的灯光照在它身上，它抖动一下身子就回窝里去了。讨债者捂着胸口一瘸一瘸地跟着秃老头来到屋里，秃老头转身看到满脸是血的讨债者大吃一惊，他叫道，咦，这是咋弄哩？

我让人打了。

谁打的？在这镇上谁敢打咱？

讨债者说，住在厂里的那俩外地人。

秃老头说，他们为啥打你？

讨债者说，还有两个税务所的人，他们说我跟抓老黄的人是一起的。

秃老头说，抓老黄？谁抓我儿子啦？

讨债者说，就是今天上午来你家的那三个人。

秃老头说，上我家来的人？今天没有谁上我家来呀？

讨债者说，咋没有，两个男的，一个女的。

秃老头笑了，他说，老孙你真会开玩笑。你是今儿上我家来的第一个客人，没有别的谁来。他们还抓走了我儿子？你真会说笑话，我儿子在大连还没有回来哩，刚才还打过来电话，他们上哪儿去抓他？

讨债者被秃老头的话给说糊涂了，他怔怔地看着他，胸口的疼痛使他不由得弯下腰来蹲在地上，豆大的汗珠出现在他的额头上，他感到有一股东西从胸中往上涌，接着那东西从他嘴里喷出来，那些液体落在地上，在灯光里呈现出一种瘆人的色彩。秃老头看到地上的鲜血惊叫起来，咦，老孙，你……

讨债者一阵眩晕，他像一尊泥胎在雨水里瘫倒下来。

讨债者在恍惚之中醒来，可是他却睁不开眼。讨债者想，我这是在哪儿呢？孩子他妈？我这一觉睡得真死呀。孩子他妈，我做了一个噩梦，吓死我了。孩子他妈，我的胸口好疼呀，我的四肢好像被什么捆着，我动都动不了，孩子他妈，你来帮帮我，我今天是咋了？讨债者这样嘟囔着，孩子他妈，你为啥不理我？你来帮帮我。

他醒了，你看，他醒了。

讨债者听到一个柔声柔气的女人这样说。讨债者想，这是谁在说话？我这是在哪儿呢？

老孙，你醒醒。

讨债者想睁开眼睛，可他的眼皮就是不当家。他想，这是谁的声音？是谁在叫我？这声音有些耳熟呀。是全来吗？不是全来。是万振吗？不是万振。是多样吗？不是多样。她到底是谁呢？我在哪儿？

老孙，你醒醒。

讨债者想，这声音咋恁耳熟呢？讨债者再次鼓励自己睁开眼，那眼皮好沉重呀，像一扇大门。像谁家的大门？像老黄家的大门，是的，像老黄家的大门。讨债者吃力地推开大门，他就从那门缝里模模糊糊地看到了一个人，那是秃老头。

秃老头说，老孙，你可醒来了，你吓死我了。讨债者最终睁开了眼睛，他看着秃老头说，我这是在哪儿？

秃老头说，在医院里呀，我都在医院里守你一夜了。

讨债者说，我来找老黄要钱，咋到医院里来了？

秃老头说，看你伤这个样子，你不在医院还能上哪儿去?

讨债者说，我咋会在医院里呢?讨债者看到他身边放着吊针架，有药液正注到他的静脉里去。

秃老头说，你不是来找我儿子吗?昨天下着雪你上我家去，满脸是血，说着胡话，说我儿子被抓走了，没说两句你就倒在地上不省人事了，你可吓坏我了。

秃老头的话语终于让讨债者记起了一些已逝的往事，想起了那场飘扬的大雪。他说，老黄没有被抓走?

秃老头说，你头上一句脚上一句，谁抓他?

讨债者挣扎着要起来，却被秃老头按住了。秃老头说，别动别动。讨债者伸出另一只手抓住了秃老头的胳膊，他说，大爷，我是来要蒜钱的……还没说完，眼泪不知怎地就一下子盈满了眼眶。

秃老头说，这我知道。

讨债者泪汪汪地说，大爷，这钱再不给我可没法活了，真没法活了……

秃老头说，给，咋会不给。

讨债者哽咽着说，大爷，你知道为这蒜钱我作多少难吗?再不给我可真没法活了。

秃老头伸出手拍了拍他安慰道，给，这回他从大连回来无论如何也得把钱给你。

讨债者说，可是我现在咋弄？我现在躺在医院里。你知道为这蒜钱我作了多大难吗？再不给我可真没法活了……讨债者哭泣着，泪水不断地从他的眼睛里流出来。他说，我本来是来要蒜钱的，可是现在我却躺在医院里，大爷，你可怜可怜我吧，你就把那蒜钱给我吧，你家不是没钱，你家开着那么大的厂子，要个十万八万的不就跟打个呵欠一样容易吗……大爷，你就可怜可怜我吧。讨债者拉着秃老头的胳膊哭泣着。

秃老头说，别哭别哭。他把手从讨债者手里抽出来，伸进棉袄兜里掏出一叠子纸条来，他展开从中抽出来一张递给讨债者。然后又把那叠纸条放回袄兜里。他回头朝门口看看只有他和讨债者，这才悄声地对讨债者说，看来只有这样了，这是一张借条，条子上有一万块钱。

讨债者挣扎着坐起来，讨债者说，我不要条子，我要现钱。

秃老头又把他摁下去说，你躺下听我说。这条子是医院里的王院长打的，两年前医院里要去外地进药，可是钱不够，他们就找我儿子借了一万。说好三五天就还的，可是这一推就推了两年多。我也给他要过几次，每回都说给。

讨债者说，你也要不回来呢，我咋要哩？

秃老头说，你听我说呀，我主要是没有时间缠他。我教你个法，你一会觉得能动了就去找他，就说我叫来的，他不给钱你就跟着他，他上哪儿你上哪儿，他吃饭你跟着他吃饭，他去厕所你就在厕所门口守着，保证过不了两天，他就得把钱给你。

讨债者说，如果要不回来呢？

秃老头说，要不回来还是我的条子。

讨债者说，就是要回来，还差我六千呢。

你看你。秃老头说，现在这事儿，要回来一个是一个。你没看见刚才我兜里那把票吗？都是借我钱的条子，你这个要回来，我再给你一个，总比老在家等我儿子强吧？说完秃老头拍了拍讨债者的手说，就这样了，看样子你也没事了，我也该回去睡一会儿了，我都一夜没睡觉了。说着秃老头站起来朝外走，他走到门口回身又说，有事叫护士，她吃饭去了，一会儿就过来。说完回身把门带上了。讨债者躺在床上听着秃老头慢慢地走远了，他的目光又落在了窗子上。通过窗子他看到外边的树枝上落满了积雪，他看到有一束淡红色的光照在树枝的积雪上。讨债者想，哪儿来的光呢？是天晴了吗？他这样想着又把目光收回来，看着还有大半截没下完的那瓶子注射液，讨债者想，这么多啥时候才能下完呢？我不能等着下完，我应该起来去要钱。眼看就要过年了，今天都腊月十六了，我得去找院长要钱。他这样想着就吃力地坐起来，他用手把扎在另一只手上的针头拔掉了。讨债者想，我得找院长去要钱！

讨债者瘸着一条腿走出病房的时候，看到外边的雪真的停了，天也放晴了。太阳黄黄的像一个绒球挂在东边的天上。讨债者看到有一个身穿白大褂的护士正在院子里扫雪，讨债者就一瘸一瘸地走过去，他朝她问道，请问王院长在哪儿？

女护士停住手中的笤帚看着他说，你说啥？

讨债者说，王院长在哪儿？

女护士说，他在后面的家属院。

看到讨债者不明白，女护士伸手朝圆圈门那边指了指又说，他家在后院住。

讨债者明白过来又继续往前走，他穿过一个圆门来到一条甬道上。甬道两边栽着冬青，有一个长了一脸雀斑的少妇头上缠着一条古铜色的方布正在用一根棍子轻轻地敲打冬青丛上的积雪。冬青上的积雪在她的敲打下纷纷飘落，而后她把身后盆里的一块又一块刚洗净的尿布搭上去。讨债者站在那里一直看着她把盆里的尿布搭完才朝她问道，请问王院长在哪儿？

那个少妇或许是刚做了母亲不久的缘故，她脸色红润。她看着他用哄婴儿吃奶的口气说，院长嘛，你沿着这条道儿往后走，到了后院一问就知道了。讨债者沿着那条甬道往后走，他一瘸一瘸地又穿过一个圆门来到后院，看着那一排院门讨债者想，院长在哪一个门里住呢？他想，我还是挨着门问问吧。他就瘸着腿来到最左边的一个门前，他敲了敲门，出来开门的是一个孩子，这个男孩有十二三岁的样子，男孩说，你找谁？

讨债者说，我找王院长。

错了。男孩朝右边一指说，西边数第二个门。

讨债者朝那男孩干笑了一下又朝西边走，他来到西边第二个门前站住了。他想，这就是院长的家了。他深吸了一口气才扬起手来去敲门。来开门的是一个不到四十岁吃得白胖的男人。讨债者想，这就是院长吗？那个男人朝他说，看病吗？去前面的门诊等着。

讨债者说，我不看病，我是来找王院长的。

你找我有啥事？

讨债者说，你就是院长？那就好。说着他就把握在手中的条子递给了院长，这段时间里他一直把那张条子握在手里，他生怕这张像命一样的纸条丢失了。之后他紧张地看着院长，他看见院长在看完那张纸条后皱了一下眉头说，老黄叫你来的？

讨债者说，是他爹叫我来哩。

他爹，你给老黄啥关系？

讨债者想了想说，朋友。

院长又皱了一下眉头把纸条还给讨债者说，不错，条是我打的，可现在没钱，院里的职工连工资还发不上呢。

讨债者说，那我不管，没钱我就不走了。

院长说，这样吧，你先去前面的门诊等着，我给你想想办法。说着他就把门关上了。讨债者手里握着那张纸条看着院长家那扇油漆剥落的木门心里想，我到哪儿去等你？我哪儿也不去，我就在这儿等你。讨债者就在院长家的门边蹲了下来，讨债者想，今儿个你不给我拿钱我就不走了。

讨债者蹲在院长家门前，看着太阳光把院子里的积雪照得更加刺眼。有一家的院门打开了，从里面走出来一个男人和一个女人，他们朝讨债者蹲着的地方看了一眼就匆匆地走了。不知从哪儿跑来一条狗，沿着墙根嗅来嗅去，它走着走着就抬起后腿对着墙根尿尿。讨债者伸手从地上抓起一把雪在手里握成蛋子，恶狠狠地朝狗砸去。尿尿的狗突然遭到袭击，仓皇地掉过头逃跑了。就这时他身后的院门打开了，院长又一次出现在讨债者的面前，他看到了蹲在门口的讨债者，他说，你找谁？

讨债者站起来说，我找你。

院长说，看病吗？到前面门诊等着。

讨债者说，我不是来看病的，我是来要钱的。

要钱？院长拍了一下脑门说，噢，对了，你看我这记性，是老黄让你来要钱的是吧？

是哩，讨债者说。

院长说，那走吧，跟我到前面去。讨债者跟着院长一瘸一瘸地来到前院的一排房子前，院长掏出钥匙打开一扇门说，进来吧。院长又说，你先在这儿等着，我去给你想想办法。院长说着走了出去。讨债者一人走进屋里，他看到靠窗并排对脸放着两张桌子，左右墙边放着两排长椅，墙上挂着几张针灸图和一些表格。讨债者想，这是院长的门诊房吧？讨债者就在靠左边的长椅上坐了下来，他在心里暗暗地祈祷着，这回好歹也得顺顺利利地拿到钱吧。他就那样两眼盯着门外，等着院长回来。现在他的心情好了一些，他想，哪怕要不完就先拿这一万也中，有这一万块钱就能给孩子老婆交代了。这时有个陌生妇女出现在门口，她往屋里探视了一下说，院长哩？

讨债者朝她解释道，出去了，一会儿就回来。

那妇女就走了。过了一会儿又来了一对年轻夫妇，男的怀里还抱个两三岁的孩子。他们也站在门口朝屋里探视了一下，男的就对女的说，还没有上班哩。

讨债者就说，上班了，我跟院长一块儿出来的。

男的又说，他人呢？

讨债者说，出去了，一会儿就回来。

女的说，不等他了，找别的医生看不一样吗？

男的说，等等吧，院长看得好。正说着走进来一个穿白大褂的女医生，女医生戴副眼镜，看上去有四十多岁，她径直地走到桌前坐下来，从兜里掏出钥匙打开抽屉拿出一些零零碎碎的看门诊用的东西，就对坐在长椅上的讨债者说，你哪里不舒服？

讨债者说，我没有不舒服。

女医生说，看你脸色发黄，你不是来看病的？

讨债者说，不是，我是来找院长的。

女医生哦了一声，就不再理他，她又从抽屉里取出一本杂志放在桌子上翻看。讨债者想，院长也该回来了？正想着，走进来一位老人，老人骨瘦如柴，他一走一喘地被一个姑娘扶着走到医生的面前去看病。接下来门诊室里就热闹起来，不知从哪里一下子来了那么多的病人，两边的长椅上都坐满了，就这样走了一批又来一批，可是院长始终没有回来，讨债者等得焦急，有一泡尿憋在肚里都没敢去尿。他想，说不定我走院长就回来了，回来了找不到我怎么办？可是讨债者等得心急如焚，仍不见院长的影子。那泡尿憋得他直打冷战，到后来实在憋不下去了就瘸着腿小跑到厕所里去，他一边尿还一边往外边探视着，生怕院长回来了。可是等他尿完回到门诊那儿院长仍然没有回来，他想，是不是我尿尿的空当院长回来又走了？他就问坐在长椅上的一个病人说，见院长回来了吗？

那个病人说，院长？我不认识。

坐在长椅上的另一个病人说，没有，院长没有回来。

讨债者又在长椅上坐下来，这个龟孙别是骗我呀？他刚这样想，就有一种受骗的感觉，随后，他心里就生出许多仇恨的情绪来，仇恨的情绪充塞了他的胸膛，那情绪使他变得固执起来，讨债者想，今儿我就在这里等你个龟孙，我就不信你不回来了！他就那样坐着，目光也变得冰冷起来。门诊室里的病人渐渐少了，最后只剩下了他自己。那个女医生看他一眼说，你不是看病的吗？

讨债者说，不是，我等院长。

等院长看吗？他今天不值班。女医生一边说一边往抽屉里收拾东西，她对讨债者说，你到外边等他吧，要下班了。

讨债者说，是院长让我在这儿等他的。

你去他家吧，说不定他在家里。

讨债者想一想也是理，他就起身去了后院，可是他却敲不开院长家的门。讨债者骂道，这个杂种！我看你能钻老鼠洞里不能！讨债者就瘸着腿在医院里一排房子一排房子地找，他见人就问，见院长了吗？可是所有的人都不知道院长去哪儿了，讨债者变得两眼通红，像一条咬不住人的疯狗瘸着腿在医院里到处乱走，他一边寻找院长一边在心里骂道，我日你先人，我就不信等不着你！最后讨债者又来到了院长家，他恶狠狠地敲着门，可是门依然没人开，他一边用拳头砸着门一边无力地滑坐在地上，他感到了饥饿和劳累，他依着院长家的漆黑木门坐着，讨债者想，我快有一天没有吃饭了。讨债者坐在那里，阳光从西边的天上射过来照着他，今儿个我见不着你我就不走了，这回我要不到钱我就死在你这里。他一边这样想着一边靠着院长家的门慢慢地睡着了，阳光照在他的脸上却没有一丝红润，他的脸灰黄灰黄的，像蒙着一张盖在亡命者脸上的黄表纸。

讨债者被叫醒的时候，他看到有几个面目不清的人立在他的面前，其中一个男人说，喂，醒醒，你是谁？讨债者看不清那个说话人的面孔，讨债者想，我这是在哪儿？他一时竟记不起来这是在哪儿了。

喂，醒醒，你是谁？

讨债者说，我是谁？你说我是谁？

这人有病吧，其中一个女人说，他是来看病的吧？

讨债者说，我没病，我是来要钱的。

要钱？你找谁要钱？

讨债者说，我是来找蒜片厂的老黄要钱的，哦——讨债者突然清醒起来，他说，我是来找院长要钱的。

哦——我的天哪，你还没走？

走？讨债者说，我上哪儿去？找不着院长我哪儿也不去！

我是说老林没有对你说我进城了？

进城？讨债者清醒过来，那个和他说话的人就是院长。他说，你今个把我丢这儿你进城了？

哎呀——这个老林！我出去的时候正好有我的电话，电话是县卫生局打来的，有急事儿，我就让老林对你说今儿个不让你等了。

讨债者说，不让我等了？今儿个没钱我就不走了。

看看，院长说，咋会是这个样子呢？你还没有吃饭吧？走走走，咱先吃饭，吃了饭再说。

讨债者说，我又不是来吃饭的，我是来要钱的。

院长说，要钱也得先吃饭呀，就你那俩小钱还不好办？起来，东明，扶他起来先吃饭。

那个叫东明的人过来拉讨债者，可是讨债者的腿已经坐麻了，失去了知觉，他站起来却不知道自己还有没有腿，他在门前的雪地上晃了两下又倒在了地上。讨债者躺在地上，抬头看到东边的天空上挂着一枚红红的月亮。几个人一看讨债者又倒在地上都叫起来，咋弄哩咋弄哩？讨债者又被拉了起来，讨债者说没事没事，我的腿坐麻了。

没事就中，院长说，走，去吃饭。

其中一个男人说，让嫂子也去吧？

院长说，不去不去，让她跟孩子回去，咱走。院长又回过头来问讨债者，管走吗？

讨债者说，管走。

院长说，哎呀，真是对不起，我想你早走了哩，没想让你在这儿等了一天。

讨债者说，等两天也没事，只要有钱。

院长说，有钱有钱，我给老黄啥关系？是老黄他爹让你来这儿要钱我还有啥话说？有钱有钱，咱先去吃饭，吃了饭再说。他们一边说一边往外走，在渐渐明亮起来的月光里满地的积雪都放着光亮。他们穿过一个圆门又穿过一个圆门，讨债者跟在他们身后一瘸一瘸地走，讨债者想，我日恁先人，你说得再好，你今儿个不给我钱我就不走了，我天天跟着你吃，我是一步也不离开你啦！讨债者这样想着跟着他们来到院外的公路上，有一辆汽车从公路上慢慢地驶过，讨债者就对院长说，这条路通过老黄的厂门口吧？

是的，院长说，路过老黄的厂门口。

哦，讨债者说，这条路我走过。今年夏天我来给老黄送蒜走的就是这条路。

是吗，院长说，这么说你跟老黄也是老关系了？

讨债者的心情在这样平和的对话之中渐渐好起来，他说是的，我今年种的蒜和收的蒜都卖给老黄了。他们就这样一边说一边走进路边的一家饭馆里。饭馆里明着灯，一个年轻女人迎上来说，院长来了。

院长说，有客过来吃饭。年轻女人就把他们几个先后让到一间屋子里，院长站在门口对讨债者说，你请，你里面请。

讨债者有些受宠若惊，在过去漫长的与土地打交道的生涯里，这个老实的农民何时受过这样的待遇呢？他有些自卑地说，我哪儿能呢？你是院长，你先坐。

院长说，你不坐谁坐？按理你是兄长，又是老黄的客人，老黄的客人就是我的客人，你不坐谁坐。院长一边说一边就把讨债者推到首席上。讨债者穿一身皱巴巴脏糊糊的衣服坐在那儿突然有些不自在起来，他想，老黄在这镇上是有面子，老黄这朋友也不错。他们几个刚坐好，就有热茶上来了。讨债者一双冰凉的手捧着茶杯感到了温暖。那个女人说，点菜吧。

院长说，不用点。院长看一眼讨债者说，这是老黄的客人，不用客气，选几样拿手菜上来就行，实惠些。

女人说，喝酒吗？

院长说，咋不喝酒，喝酒，先上几个凉菜。而后院长他们几个有一句没一句地说些闲话，谈论的都是院里过节给职工发奖金办年货的事儿。讨债者想，这几个人可都是来陪我的呀，你别说，这老黄个鳖儿面子还真大，我是托了老黄的福了。讨债者正想着凉菜就上来了。院长说，每人先喝三杯。众人就喝了三杯。那酒火一样地从讨债者的肚子里穿流，这酒使他想起了摆渡者，想起了他在摆渡者的船头舱里喝酒的情景。院长说吃菜吃菜。吃过菜后院长提着酒壶就站了起来，他对讨债者说，我先给老兄泻几个酒。

讨债者也慌忙站起来说，不敢不敢。

院长说，你是客人，泻几杯酒总应该吧？

讨债者说，我不能喝。

出门在外哪有不会喝酒的？就三杯。说着就把酒杯端了起来。讨债者无奈就喝了，讨债者想，我不能喝多了，喝多了会误事，我是来要钱的，可不是来喝酒的。院长接着又泻了三杯说，说起来真是对不起，让你等了一天，这三杯你喝了，算我赔礼了。

讨债者说，看看院长说哩，我真不能喝。

院长说，你还恼恨我吗？

讨债者说，我为啥要恼你呢？

院长说，不恼我就喝了这三杯，喝了就是原谅我了。说着院长又把酒端起来，讨债者无奈，就把酒喝了。喝完院长又泻三杯，他对讨债者说，你来了还没有见到老黄吧，我和老黄是好朋友，老黄不在家，我得替老黄为你泻三杯，这三杯不多吧？按理说你这做生意的得给你泻八杯。

讨债者说，院长，我真不能喝了。

院长说，这是啥话，我的酒能喝老黄的酒就不能喝？回来我给老黄说老黄会不生气？说着院长又端起酒杯，讨债者无奈，又喝了。喝了院长又泻了三杯，院长说，咱们兄弟今天相识也算有缘，无论如何今天你也得给老嫂子带回去几杯。讨债者被院长说得无言相对，讨债者红着脸说，喝了这三杯还有没有？

喝了这三杯就没有了。

讨债者就把三杯酒喝了。院长说吃菜吃菜，众人都吃菜。不知是空腹还是喝得太猛的缘故，讨债者喝得已经感到有些头晕了。可是刚一吃过菜院长就对身边的几个人说，客人轻易不来，你们几个不泻几杯吗？那个叫东明的先站起来给讨债者泻酒。讨债者几乎有些哀求地说，老弟，我真的不能喝了，再喝我就多了。

东明说，为啥不能喝？院长的酒能喝我的酒就不能喝吗？你这是看不起我呀，你要是看不起我我可站起来走了。讨债者被说得像做了亏心事，就把东明的酒也喝了。这样一圈人敬下来二斤酒就已经见底了，讨债者就顶不住了，他感到四周的东西都在晃动，肚子里也有一股东西在不停地往上撞。讨债者糊糊涂涂地想，不好，要出酒了。他就站起来，一下没站稳险些倒下去，他被身边的院长扶住了。院长说有事吗？讨债者说，没事没事，我出去一下。

讨债者晕晕乎乎地走出来。出了饭馆，夜风一吹他就感觉好受一些，可是他仍然感到天和地都在旋转，胸口的东西不停地往上撞，他走到公路边想呕吐，可是怎么也吐不出来，他感到胃里难受死了。讨债者想，我不能再拐回去了，再拐回去我非得喝多不中，喝多了我就要不到钱了！我还是先到别的地方躲一躲吧。讨债者一边这样想一边往前走，公路两边的积雪在月光下放着银色的光芒，一会儿就把讨债者的眼睛给照花了，讨债者沿着公路晃晃荡荡地往前走，由于酒的缘故，他忘记了身上的疼痛，忘记了腿的疼痛，讨债者想，我得走，我不能再拐回去了。再拐回去我非得喝多不中，喝多了我就要不上钱了。讨债者就这样在冬夜的月光下行走，银白色的雪光照花了他的眼，他感到四周都是白晃晃的，无边无沿，讨债者走着走着不知怎地脚下就没有了路眼，地下软绵绵的。讨债者想，我这是在哪儿呀？我这是在往哪儿走呢？讨债者举目四望，四周都是白茫茫的积雪，那积雪连天盖地，放着银色的光亮。讨债者想，这些都是银子吗？讨债者想，这满地的银子是老黄给我的薪钱吧？讨债者蹲下去抓一把雪握成蛋子，讨债者想，这么多银子，都是老黄给我的薪钱吧？讨债者把那蛋子雪装进袄兜里去。讨债者想，我要是有个布袋就好了，有个布袋我就可以装上满满的一袋子银子啦，一袋银子就能顶住我的薪钱了。讨债者一边在雪地上行走一边这样糊糊涂涂地想，可是我上哪儿去弄一个布袋呢？要不就把我的棉袄脱下来当布袋吧！可是当他把棉袄脱下来的时候就不由得打了一个冷战。讨债者想，这样不行，这样太冷。那我就把毛衣脱下来吧，讨债者把毛衣脱下来又把棉袄穿上，讨债者想，这样还好受一些。讨债者就在地上拾银子，他把软软的银子握成蛋子，装到毛衣里去。可是他装进去的雪蛋子又都从领口里掉了下去，讨债者装呀装呀，怎么也装不满。他坐在地上趁着月光看他的布袋，讨债者想，怎么装不满呢？到后来他明白过来应该把布袋口扎上，可是现在到哪里去找绳子呢？他想了半天想到了自己的鞋带子，他就费了很大的劲儿才把鞋带子解下来把布袋口扎住了，而后又在地上拾银子。他在毛衣里装满了雪蛋子，就抱着往前走。讨债者想，或许这些银子就够我的蒜钱了。讨债者晕晕乎乎地走着，他感到四周的银光都在旋转，他体内的酒劲越来越大了，讨债者想，我不能拐回去了，拐回去我就会喝多，喝多了我就带不走这袋子蒜钱了。

讨债者踏着厚厚的积雪往前走，最后他来到了一个木料场里。讨债者想，我这是在哪儿呢？讨债者就在一堆木料上坐下来，他实在有些走不动了，他的头也晕得厉害，他有些支持不住。讨债者想，我先躺这儿歇一会儿吧，歇一会儿我再走。他这样糊糊涂涂地想着，就在木料上躺下来。讨债者在睡着之前仍在恍恍惚惚地想，我不能回去，一喝多我就要不到蒜钱了……

第二天天亮的时候，木料场的老板披着大衣出来巡看木料场的时候，在最东边的一垛木料边上发现了讨债者的尸体。讨债者被冻硬的尸体蜷缩成一团，他怀里抱着他的毛衣，毛衣里装着许许多多的雪蛋子。讨债者的头发上眉毛上胡须上都结满了晶白晶白的霜花，样子像一条无家可归的野狗。

墨白主要著作目录

长篇小说：

1. 寻找外景地．武汉：长江文艺出版社，1999.
2. 欲望与恐惧．武汉：长江文艺出版社，2002.
3. 梦游症患者．郑州：河南文艺出版社，2002.
4. 来访的陌生人．郑州：河南文艺出版社，2003.
5. 映在镜子里的时光．北京：群众出版社，2004.
6. 裸奔的年代．广州：花城出版社，2009.
7. 手的十种语言．北京：作家出版社，2012.
8. 欲望（长篇三部曲）．长沙：湖南文艺出版社，2013.

中短篇小说集：

1. 孤独者（短篇小说集）．郑州：河南人民出版社，1994.
2. 油菜花飘香的季节（短篇小说集）．郑州：河南文艺出版社，1994.

3. 爱情的面孔（中篇小说集）. 石家庄：花山文艺出版社，2000.

4. 重访锦城（中篇小说集）. 武汉：长江文艺出版社，2000.

5. 事实真相（中、短篇小说集）. 成都：四川文艺出版社，2001.

6. 霍乱（中篇小说集）. 北京：群众出版社，2004.

7. 怀念拥有阳光的日子（短篇小说集）. 郑州：河南文艺出版社，2006.

8. 墨白作品精选（中、短篇小说集）. 武汉：长江文艺出版社，2007.

9. 神秘电话（短篇小说集）. 长春：吉林出版集团有限责任公司，2010.

10. 六十年间（短篇小说集）. 成都：四川文艺出版社，2012.

11. 癫狂艺术家（短篇小说集）. 郑州：河南文艺出版社，2013.

散文、随笔、自选集：

1. 梦境、幻想与记忆（自选集）. 郑州：河南大学出版社，2013.

2. 鸟与梦飞行（散文、随笔集）. 郑州：河南文艺出版社，2015.

3. 小说的多维镜像（访谈录）. 昆明：云南人民出版社，2015.